月下の自然

夜の散歩と思索のエッセイ

ヘンリー・ソロー　著
小　野　和　人　訳

金星堂

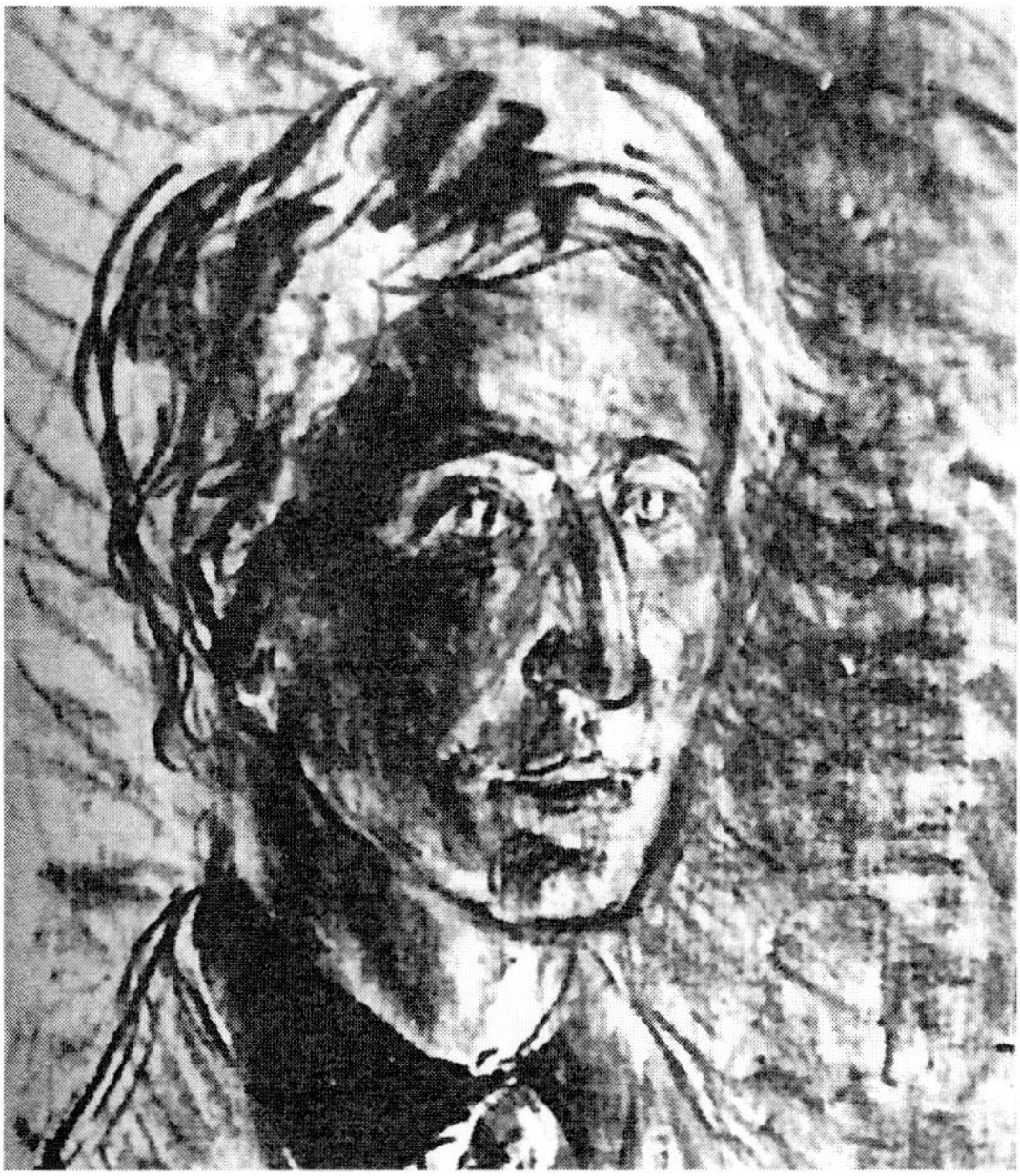

肖像画（エマソンの息子エドワードが回想して描いたソロー像）

スケッチ（夕暮れの月と丘陵地　1852 年 5 月　ソロー自筆）

―はしがき―

本書は、アメリカ・ルネッサンス期（十九世紀前半期）における思想家・随筆家として名高いヘンリー・デイヴィッド・ソロー（一八一七―六二）の短編エッセイを三篇翻訳し収録したものである。すなわち「月下の自然」（原作名"The Moon", 1927）、「サドルバック山の一夜」（作品 *A Week on the Concord and Merrimack Rivers*, 1849, の中から「火曜日」（"Tuesday"）の章の冒頭部を抜き出したもの）、「夜と月光」（作品 *Excursions*, 1863, に含まれている短編"Night and Moonlight"）の三篇である。さらに付録として、ソローの人柄と生き方を紹介した講演の記録「ウォールデン湖畔のソロー」（"Thoreau at Walden"）を添えた。講演者は、ソローの伝記研究者として高名な故ウォルター・ハーディング教授である。

本書におけるこの三作品は、いずれも共通した状況設定とテーマを含んでいる。それは、作品の時間として常に夜、夕方、夜明けを選んでいることである。しかも、その時間帯におけるソロー自身の散歩と自然の観察、およびその時間帯そのものについての彼の思索等が主なテーマとなっている。

ソローは元々夜という特殊な時間について深い関心があった。たとえば、彼の代表作『ウォールデン』（*Walden*, 1854, 邦訳名『森の生活』）の「音」（"Sounds"）の章において、彼が住んでいたウォールデン湖畔で夜間活動する様々な動物たちの動きや鳴き声のことを詳しく紹介している。特にフクロウやカエルたちについては、擬人化して表現し、現世での業を背負ってあの世に行った人間たちの運命を彼らに重ね合わせ、その鳴き声やしぐさに独特の奇想を寄せている。さらにソローは、「夜が、ある種の動物たちにとっては目覚めの朝である」と言い、夜における夜行性の動物たちの生き生きとした活動を期待しているのである。

ソローは本書においても、「夜や夜明けという時間帯は、人間たちによって昼間の時間ほど消費し尽くされてはおらず、比較的新鮮なものだ」と評価している。実は、その新鮮さということが、彼の生活にとって何よりも望ましいものであった。やはり『ウォールデン』の「住んだ場所と住んだ目的」("Where I Lived and What I Lived for") の章において、ソローは古代中国の湯王の故事を引用している。湯王が自己の沐浴盤に刻ませたという銘、「まことに日に新たにせば、日々に新たに、また日に新たなり」のことである。それは、ソロー自身の「日々を常に新鮮な気持ちで生きたい」という願いをまさにイラストするものであった。

一般的には目覚めの時は朝であるが、ソローにとってそれは必ずしも固定された物理現象としての朝とはかぎらなかった。『ウォールデン』の末尾でソローは極言している。「我々の目をくらます光は、我々にとっては暗闇である」と。もし昼間の明るい光のもとでは思考が新たな展開をせず、固定されたままとなるならば、精神にとってはそれが闇の時間になってしまう。逆に、夜が我々の新鮮な思考を導く手がかりとなるのであれば、それは真の目覚めの朝となってくれる。本書に共通するソローの基本的な発想は以上の如くであると思われる。

本書の最初の作品「月下の自然」では、いわば夜空の月が主人公である。すなわち月を擬人化していて、ソローの夜の散歩の伴侶と見なしている。また、その月光に照らされた自然の姿も昼間の様子とは趣を異にするものであり、ソローが度々その中を散策し、自然観察と思索を行なったのであるが、その際の成果も種々述べられている。

この作品を編纂したフランシス・H・アレンが述べているように、この作品は、ソロー自身が自己の膨大な日記（『ウォールデン版のソロー全集』*The Writings of Henry David Thoreau*, Walden Edition, 1906, 全二十巻のうち十二巻を占める）の中から主に月に関するテーマの部分を抜粋してまとめたものである。アレンが指摘しているように、この作品は日記の一部分であるので、十分な推敲を経ておらず、所々判読し難い部分もあるであろう。しかしそのために、かえってソローの生の心情が直接伝わってくる可能性も強いのである。日記をつなぎ合わせたものであるから、その内容は切れ切れであり、まとまった話の筋を持ってはいない。強いていえば、作品全体の主な流れとして、夕方から夜の情景へ、そして深夜へ、最後は夜明けの場面となっているが、それも厳密な設定ではない。要するにこの作品は、どこから読んでもさしつかえなく、拾い読みにも適したものである。それゆえ、話の論理的な一貫性を求めず、むしろ一種の散文詩として受け止めていただければ幸いである。

次の作品「サドルバック山の一夜」は、ソローがマサチューセッツ州の同名の山で自ら行なった登山の記録である。ソローは一応登山の開始から下山までのいきさつを述べている。けれども、話の中心となっているのは、彼が夕方山頂にたどり着いた際の情景の描写、山頂の展望小屋ですごした一夜のこと、さらに夜明けに見たあざやかな霧と曙光のことである。山頂というものがソローにとってはとりわけ目新しく、神聖な場所と映ったのだが、それがさらに夜や夜明けという新鮮な時間帯と重なり合って、独特の効果を発揮しているように感じられる。

三つ目の作品「夜と月光」は、「月下の自然」と共通点が多く、兄弟のような関係にある。やはり月が主人公であり、月自体とともに月に照らされた自然のこともテーマとなっているからである。しかもこの作品もソローの日記の抜粋から成り立っており、この作品の後半部の内容は、「月下の自然」のものとほぼ共通している。

けれども、その共通部分は、「月下の自然」の全体からすればごく部分的なものにすぎない。実は、両方の作品の分量を比べてみても、「月下の自然」の方がはるかに多いのである。それに作品の構成もたがいにいささか異なっている。ちなみに「夜と月光」では前半と後半でテーマが一応区分されている。前半では月が対象とされ、月に寄せるソローの概念的な思索が主になっており、後半は、月夜における彼の実際の散策と自然観察の成果が述べられているからである。言い換えれば、前半部が作品の序論であり、後半部を本論と見なすことも可能である。これに対して「月下の自然」の方は、月に寄せるソローの思索と実際の夜の散策の行動が、作品全体にわたって区分されないまま混在しているといえる。

やはりフランシス・アレンの解説によると、「夜と月光」は、ソローが自ら行なった講演のために用意した原稿だという。この作品の構成が一応きちんとしていることは、やはりソローが講演のために、中身を整備したからだと考えられる。それに比して「月下の自然」の方は、別に具体的な使用目的がなかったせいか自由で無秩序な感じがする。とはいえ、それが即作品の評価を定めるものではない。整然とした構成と自由気ままな姿勢、作品の特徴としていずれを是とするか、それは読者である我々の個性にも関わることであろう。

ソローの人となりについては、付録のウォルター・ハーディング教授の講演記録「ウォールデン湖畔のソロー」にゆだねることにしたい。彼の代表作『ウォールデン』では、湖畔滞在の目的が、「人生の本質と直接に向き合うこと」であり、真の生き甲斐を求めることを旨としたと述べている。それはソローにとってまさにそうであっただろう。が、ハーディング教授は、彼の具体的な目標として、最初の著作『コンコード川とメリマック川の一週間』の原稿執筆のことを挙げている。ソロー自身にとっての生き甲斐はやはり著作活動にあったといえる。ハーディング教授は、ソローの四十四年余の短い生涯において、ウォールデン版全集二十巻、全部で三百万語以上に及んだ著作の成果に我々を注目させている。

湖畔の小屋に住み始めて二年、二ヶ月後、最初の著作の原稿が完成し、ソローは湖畔生活を終了させた。これ以上同じ生活を続けても、「習慣のわだち」に陥るのみと感じたからである。こうして常に新鮮な気持ちで生活しようとする姿勢はソローの生涯にわたって続いた。ときには夜という時間をあえて選び、月光の下、昼間見慣れた自然とは異なる様子の自然を散策し観察した彼の行動も、自己の人生の新鮮さを求める彼の姿勢の一環であった。それがこの三作品の中でいかに具体的に生かされているのか、それを見ていただければまことに幸いである。

いささかとっぴな発想になるかもしれないが、以上の作品は、人間の未来における宇宙生活にも関わってくるかもしれない。すでに地球圏外に宇宙基地としてステーションが設置され、その拡充が進められている今日、ソローの夜の世界の散策は、宇宙時代に人類がいかに生きるかの一つの示唆となりうるかもしれない。というのも、昼間の光ではない状況における一人の人間の行動と感じ方がここに提示されているからである。本書で宇宙についての直接の言及は少ないとしても、ソローが読者を夜の世界へ親しみをこめて導入しようとする姿勢が処々に見受けられ、その世界へ我々が自然に誘われてゆく気分になるのである。将来、いずれは本格的な宇宙時代が到来すると想像される。むろん本書の目的がそれに対応することではないとしても、派生的な意味では参考になるかと考えられる。夜のみが続く世界は我々にとってどうも実感し難いが、ソローの記述によっていささかでも安堵感が得られることと思われるのである。

二〇〇八年七月十日

小野　和人

月下の自然

――夜の散歩と思索のエッセイ

目次

翻訳　月下の自然

——夜の散歩と思索のエッセイ——

――作品の編者によるまえがき――

ソローの日記の稿本全三十九冊が、出版のためホートン・ミフリン社に送りこまれた際に、これにまた若干の枚数の別原稿が加わっていた。ソローが自己の日記から転記したもので、明らかに彼が、講演の原稿かエッセイの作品に仕上げてゆくための中間原稿のようであった。さらにこの中に一束のメモ程度の草稿が添えられており、これにソローは「月」(“The Moon”)という題名をつけていた。たぶん彼は、これを講演の材料にしようとしたのであろう。いつもの彼の手順によれば、これを講演し、その後、いずれは定期刊行物にエッセイとして載せ、さらに一冊の著書の中に組みこむつもりであったらしい。

彼がもくろんだこの講演に関して、実は一部分ではあるが、こうした手順がやはり結果的には成立したのである。もっとも彼の没後ではあったが。というのも、「夜と月光」(“Night and Moonlight”)と題するエッセイが『アトランティック・マンスリー』誌上に一八六三年十一月に掲載され、後に彼の死後出版の著作『エクスカーションズ(紀行文集)』(*Excursions*)の中に組みこまれたからである。この原稿を『アトランティック』誌に送ったのは、たぶん彼の妹のソフィアであろう。『エクスカーションズ』という著作を一冊本に編纂したのは彼女であるが、それを実際に編集したのはソローの友人ウイリアム・エラリー・チャニング(二世)であったらしい。「夜と月光」はこの著作中でわずか十二頁ほどを占めるにすぎず、以下の本作品の分量と比べるとはるかに短い。

私見によれば、ソローの日記からのこの抜粋は、やはり彼が残したままに（句読点以外の変更をほとんど加えずに）、内容の性質にある程度マッチした体裁で読者に供することがふさわしいと思われた。本作品はソローの完成したエッセイと見なされるべきではない。けれども、彼の著作には風格があり、日記中のほんのささいな記述ですらも、独特の威厳と美を伴わないことはまれである。一八五一年六月十四日の日記の以下のような記述は、特に晴れやかな美しさを持っているが、英米文学の全作品を探してみても、はたしてこれにまさる名文がどれほどの数見つかることだろうか。

"When man is asleep and day fairly forgotten, there is the beauty of moonlight seen over lonely pastures where cattle are silently feeding."
（「人が眠っており、昼間が忘れ去られているときに、そのときにこそ、月影が美しくそそがれる。ひと気のない牧草地の上に。ひっそりと牛たちが、草を食んでいるところに。」）

ソロー自身は、あのメモ的な草稿を一束にまとめる際に、この格別な文章の価値を見過ごしていたらしい。けれども読者各位は、本作品の中に大変優れた記述があり、処々に他の英米文学の最高の散文にひけをとらない文章があることに気づかれるであろう。

F．H．A．
［フランシス・H・アレン］

一　夜汽車

私の友人たちが不思議がることだが、私は夜一人で、ひと気のない野原や森を散歩するのが好きだ。ところが、全くひと気がなく、こよなくわびしい真夜中に歩いていても、列車の汽笛や車両のとどろきが聞こえてくることがある。その車両には、ときに私の親しい友人たちが乗っていて、夜の鉄路をひき回されているのだが、それでも彼らに言わせると、そこは熟知した安全な公道なのだ。要するに鉄路であろうと、人跡未踏の荒野の中であろうと、人は自分自身のための道をこしらえはせず、また選びもしないで、ただ運命が定めてくれる道をありがたく拝受しているだけなのだ。

私の孤独な散歩コースは、フィッチバーグ鉄道(1)が所有しているのと同じ営業許可を受けている。もし鉄道の持ち主たちがマサチューセッツ州からの特許状を持ち、天からのさらにもっと重要な認可を得て、そのコースを進み、今流行のやり方で動いているのならば、私の方も、たとえ天からのみであろうと、やはり認可を受けており、それによって私独自の散歩コースを旅している。それに必要な土地も入手しており、もしそれで損害がでるのならば、その賠償をする手はずにもなっている。天は鉄道のみならず、私の散歩道がうまく成り立ってゆくことにも同じほど強い関心を示しており、両者の株を同程度にも所有してくれている。それにおそらく、私という一人の乗客は、結果的に、一年間に鉄道でゆくのに負けないほどの距離を、私自身の散歩道で運ばれてゆくことになるだろう。

二　七月の夜景

たいていの人らは昼間歩く。夜歩く人は少ない。昼と夜では季節がまるで異なる。たとえば七月の夜の場合。太陽の代わりに月と星が出ている。モリムシクイ［ツグミの一種］の代わりにヨタカがいる。採草地にはチョウの代わりにホタルが飛ぶ。羽のついた火の粉。こんな存在を信じ得る人がいただろうか。火の粉を伴って露を置くこの暗がりの中に、どんなたぐいの涼しい慎重な生命が宿っているのだろう。このように人間も、その眼か、血液中か、脳髄に火を持っている。うたう鳥たちの代わりに、カエルのコロコロ鳴く声とコオロギの熾烈な夢がある。ジャガイモは直立し、トウモロコシはすみやかに育つ。それに月夜の晩は、木立が朦朧と現れ、穀物畑がはてしなく続き、岩と木々と潅木と丘の影は、そのものら自体よりもくっきりと見える。地面のごくわずかな凹凸も、その影によって明確にされる。だから足がかなりなめらかだと感じた場所が、結果的に、目にはごつごつした凹凸に映るのだ。岩の中のごく小さいくぼみがほの暗く、深い穴となる。森の中のシダは、熱帯産のものほどに大きく見える。木々越しに見える水たまりは、空と同じくらい光に満ちている。古代インドのプラーナ［ヒンズー神話の聖詩書］が大洋について述べているように、「昼間の光はその水たまりの水面に避難している」のだ。

森林は重々しく、暗い。自然は眠っている。夜には自然の眼が半ば閉じられているか、それとも頭の中にひっこんでいるのだ。視覚でない感覚が主導権をにぎる。散歩者は嗅覚によっても導かれる。今やあらゆる植物と野原と森が香りを発する。採草地では沼地ナデシコが、道ばたではヨモギギクが。聴覚も嗅覚も、ともに夜の方がよく効く。以前は気づきもしなかった細流の鈴のような音が聞こえる。岩々は昼間吸収した太陽の熱を一晩中とどめている。真夜中に牧草地の岩の上で（あるいは樹木のない丘の頂で）あおむけになり、星をちりばめた天蓋の高さについて思いをめぐらしてみたまえ。星々は夜の宝石であり、おそらく昼間が見せてくれるどんな持ち物よりもみごとなものだ。

かくも晴れやかで壮麗なこの風土では、夜が人の精神を大いにいやし、育んでくれるので、感受性に富む人の心が、こうした夜のことを忘却にひき渡してしまうはずはない。また、夜を戸外ですごしたためにより良く、より聡明にならない人もたぶんいないと思われる。たとえその人が、そのつぐないに次の日一日中眠らざるをえないとしても。その夜は、ギリシャ語源の言葉で「アムブロージアル」［神の食物のようにかぐわしい］という形容を立証してくれる夜であり、あたかもイスラエルでいう安息の地「ベウラー」[2]におけるがごとく、大気は露をおびた芳香と楽の音に満ちているので、我々は憩い、めざめたままで夢をみることになる。

三　月の女神

ヒンズー教は、月を肉体としての最後の段階に達した聖人に見立てている。月は太陽の補佐役ではなく、太陽の輝きをもう一度放つが、その炎はなく、よりおだやかな陽光をそそいでくれるのだ。今や通過する雲を通して月はひざまずくかに見えるが、次の瞬間、藍一色の天の騎馬道を荘厳に昇ってゆく。大気全体が、銀色に輝く限りない光の潮を受けて白くなる。世界を包んでゆらぎながら。月の女神で狩猟の守護神ダイアナは、やはりこのニューイングランドの空でも狩りをしているのだ。

天空のいろんな天体の中で、月こそが女王だ。月は女王にふさわしく、万物を清らかにする。月は折々の変化をしつつ、しかも永遠性を保っている。月こそ美しき人。彼女のそばでは美女たちも肩身がせまい。

時の流れも月を衰えさせはしない。月は時の戦車を進ませる。生命に限りのある者たちは、月の円軌道のもとに置かれる。月のそばでは、星々の持つ美徳が滑落する。月によってこそまさに美徳の完全なイメージが与えられる。

太古の時代をよみがえらせる大いなる者、大いなる魔術師。仲秋の時と狩猟月の満月(3)が輝くおだやかな夜に、我々の村の家々は、昼間どんな大工が来てそれを建てたにせよ、ヴィツルヴィウス〔紀元前一世紀の頃のローマの名建築家〕のような者たち、あるいは彼を越えるような名工が建てたのだという顔をする。そして村は森と一体化した姿にみえる。

こうした夜には私を戸外にとどまらせてほしい。夜明けが来て、万物が統一を失い、混沌の状態にもどってしまうまで。

自然は博識でえこひいきのない教師であり、露骨な意見を述べたてたり、誰かにこびたりはしない。自然は急進派でも保守派でもないだろう。あのようにひかえめで、それでいてあのように激しい月光のことを思ってもみたまえ。

四　夜の美徳

オシアン〔古代ケルト族の伝説的英雄、詩人で武人〕は、太陽にむけての挨拶の辞でこう呼びかけている——

暗黒はいずこに住まいを持っているのか、

星々の入る洞窟の家はどこにあるのか、
おんみはすばやくいずこへと星々の歩みを追いかけるのか。
大空で狩人さながらに星々のゆくえをたどりつつ。
おんみは高い丘に昇ってゆき、
星々は荒野の山並みに下ってゆくのだが。

その際に、自らの想いの中で、星々が「洞窟の家」に向かうのに伴い、星々とともに「荒野の山並み」へと下ってゆかない者がいるだろうか。

たしかにサー・ウォルター・ローリー［一五五二—一六一八、英国エリザベス一世の廷臣。文人、軍人、探検家］の言うように、「星々は、おぼつかない光を放ち、人々が日没後それをながめるためだけのものではなく、もっとはるかに重要な道具」なのだ。そしてオリゲネス［古代アレクサンドリアの神学者］が断言するごとく、「星々は主義主張ではなく、開かれた本なのだ。そこには来るべきありとあらゆることが書き記されている。もし人々がそれを読めさえすればだが。」あるいは、プロティヌス［古代ギリシャ・ローマの新プラトン派の哲学者］の言では、「星々は意義深いが、実用的ではない。」さらに聖アウグスティヌス［三五四—四三〇、初期キリスト教会の指導者、『告白』の著者］によると、「神は秀でたる者を通して劣りたる者を治める」（デウス、レギット、インフェリオーラ、コルポラ、ペル、スペリオーラ)。ここからローリーが引用しているのだが、「賢人は星々の作用を援助する。ちょうど農夫が土の活性を支援するように」(サピエンス、アドデュヴァビット、オーブス、アストロールム、クェマドモーヅム、アグリコラ、テッラエ、ナツーラム)。

かつて占星術師の中には、まことに未熟な発想を抱き、自分らが個人的に特定の星々と関係があると思いこむ者がいたのだが、それも不思議ではない。デュ・バルタス(4)はシィルヴェスター(5)によって翻訳されているが、それにいわく、自分は、あの偉大な建築者[神]が、天の円蓋を、単に人見せのためにこのようなありとあらゆる火で飾り、野原でながめているとるに足らない羊飼いたちを楽しませるためにあのようにきらびやかな盾で装ったとは信じられない、と。

また、我々の所有する庭園の縁や共有地の土手を飾っているあのちんまりとした花や、母なる大地がぬくぬくとした膝の中にいとおしんで包んでやっているちっぽけな小石が、いずれもそれなりの徳を持つのであれば、天のあの燦然と輝く星々が何の美徳も持たぬとは信じられない、と。

プラーナにいわく、「昼間は神々がもっとも強力であり、夜は悪鬼たちが支配する。」しかし、悪鬼とは、それより以前の王朝の、くじかれ、踏みにじられた代表者らにすぎないし、それらがかもし出す雰囲気は、人間の徳の発展のために不可欠なのだ。ちょうど暗い夜がトウモロコシの生長に欠かせないように。

昼間はいかに維持しがたいことだろう、もし露と暗やみをおびた夜が、あのうなだれている世界を元気づけに来てくれないならば。いろんな影が我々のまわりに集まりはじめるときに、我々の原初の本能が目ざまされる。それで我々は自分らの巣穴からジャングルの野獣のようにしのび出る。知性が自然なえじきとするあのひそやかな黙想を求めて。

自然との絶えざるつきあいは、単に身体上のみならず、道徳的、知的健康のためにも必要だ。学校や実業における規範は、自然の現象をじっと見つめるときのような晴れやかさを心に伝えてはくれない。科学者が科学的事実をあつかうように、冷静に、かつ大いなる距離を置いて人事をながめる人だけが哲学の高みに達しうる。言いかえれば、人の心をあつかう哲学者は、自然哲学者［科学者］の規範を必要とするわけだ。

古代インドの詩劇『シャクンタラ』によれば、バラモンの僧サラドワータは、最初都に入るときに、そのにぎやかさに気おくれしたのだが、「今や自分は、その都を、自由人が奴隷を見るごとく、きよらかな水で沐浴した者が、油とほこりにまみれた者を見るごとくながめる」と言う。

中央アジアのダッタン地方の大草原地帯をはるばると旅してきた者たちが言うには、「再び耕作地帯に入ってくると、文明の喧騒と紛糾と騒乱が我々を圧迫し、息をつまらせた。空気は我々を見捨てるかのようで、我々は今にも窒息死しそうな気分になった。」

五　月の光

ある晩、私が村から一マイル隔たった鉄道の深い切通しに入ってきたとき、西側の砂土の土手から、純粋そのものの月光が、はじめてかすかに反射してくるのを見て感動した。その間、西の地平線はまだ夕日の光を受けて赤く、その東側を染めていたのだが。

月光が、ほの青い草のように、神秘な銀色の光でもって西の斜面を照らしているときに我々の気づくその最初の色合いと、東の斜面に残る太陽光の最後の波との間には、何という微妙なはかりがたい合間の時があることだろう。いったい我々の五感がいかにしてその間をはかるのか、我々はいかにして一方に気づき、さらにそこからもう一方に気づくようになるのだろう。それを我々がやってのけるとはすばらしいことだ。

月の光！その光が地上に降りそそぐのは世界のいつの時代に向けてなのだろう。月光はあけそめたばかりの露をおびた朝の光と同様なものであり、夜明けの光の微妙な色合いは、私にはむしろ夜のことを連想させるのだった。おそらく世界のごく初期の時代にとっては、こうしたあえかな光で十分だったのだろう。とはいえ、それは、昼間の光のように人間によって利用され、使い古されてはおらず、見慣れぬものであり、とても印象深いものだ。

月光のもとでは、新と旧の王朝が共存し、対照されており、しかも時は、歴史に記録されているたがいに最も遠い時代同士のへだたりよりももっと広い幅を持ち、その間の橋渡しができないほどにその間隔が開いているのだった。月光に照らされて地層の見える砂土の土手の上に太古の時代が出現させられた。その時代にくらべると、古代アッシリアの首都ニネヴェも若いのだ。月光が日光とそんなにかけ離れてはいないように、銀の時代［ギリシャ神話の第二期］は黄金時代［第一期］とさほど隔たってはいない。とはいえ、おそらく、月光の中でいろんな国々が栄えたのだ。おそらくインカ帝国も、こうした光のもとで支配したのだろう。

私が西の方を見つめていると、そちらでは赤い雲がまだ去りゆく昼間のゆくえを指し示している。ふり向くと、ひそやかにもの思いにふけっているような霊妙な月が、西の斜面に、これ以上やわらかくはありえないほどの光をそそいでいるのが見える。その斜面は、まるで千年もの間みがいたあげく、やっと輝きはじめたかのように、蒼白い光沢を出している。もうすでにコオロギが、独特の節で月へ向けて鳴いており、木の葉をそよがせて夜風が吹いている。でも、どこから吹いてくるのか、何が風を生んだのか。

神秘な光がさしている。それはごく最近アジアを照らし、アレクサンダー大帝の勝利の場を照らした光であり、それが今や大西洋の大波を乗り越えるのにもう三時間を費やした後、アメリカで輝くためにやってきたのだ。いかなる星からその光がこの惑星に到着したのだろうか。

けれども真昼時なのに満月が空に輝いているのが見える。もしどこかの谷間で、月光だけが反射されているとしたらどうだろう。もし月光の中だけを歩く精霊たちがいたとしたらどうだろう――月光を日光と分離させて、月光だけの輝きを受ける者たちがいたならば。

私は王朝から王朝へとたどり、世界のある時代から別な時代へと進み、ローマ神話のジュピター大神からたまたまそれ以前のサターン神［ギリシャの黄金時代の農耕神］へと遡っていった。両者の間にはどんなレテ川［冥土にあるという忘却の川］が流れていたのだろうか。私は西へと沈んでゆくあの光にわかれをつげ、東から昇ってくる新たな光にあいさつすべく向き直った。

最初私は、昼間の薄い残光のような白い光が多すぎるのではないかと思い、それが昼間つけるろうそくのようで、黄色い、夢見るような光ではなく、光の白いクリームみたいではないかと気になった。

けれども、私が町から離れ、夜の中へより深く入ってゆくと、その光はふさわしいものとなった。

粘土質の土手の凹凸によって生じた影を見ていると、そのような表面についての完全な認識を得るためには、日光のみならず月光も必要だとわかった。この土手は、光の強い昼間見ると、もっとずっと平たく見えるのだが、今やその先端部分が月光に照らされ、その部分が投げかける影によってくっきりと浮き彫りにされており、その場面全体が昼間よりも変化に富み、もっと生き生きしてくるのだった。

六　夕風とヨタカ

東側の土手に登ったとき、私のほおに他よりもあたたかい空気の流れ、もしくは空気の層がふれるのを感じた。炉から出た一陣の風のように。勢いのよいその空気の流れはどのくらいの間太陽の熱をとどめるのだろうか。この流れが丘の斜面のはるか高くに押しやられるのがわかる。特に何も植わっていない野原や新芽の出たばかりの土地では、こんな風が一番軽いものだから。この熱をおびた空気は、ひょっとしたら、森に囲まれた高い位置の空き地では夜露に冷やされることもなく、朝の時刻になっても昨日の太陽の温みを記憶しているのではなかろうか。

突風が吹いてきた。正午のむし暑い平原から昇ってきて、丘の上に場を占めた風だ。この風は、昼間のこと、日のよく当たる真昼の時間と土手のこと、ひたいをぬぐっている労働者と花々の中でぶんぶうなっているハチのことを語ってくれた。この空気の中で労働がなされたのであり、働き手たちはこれを吸ったのだ。

私に聞こえるヨタカの鳴き声は、森と町がどんなに離れているかを教えてくれる。街中で暮らしている人らにはほとんど聞かれない声だ。もっとも、ヨタカはときおりそんな人らの庭にも入ってくるのだが。それにヨタカは不吉な鳥とも考えられている。中年の人らの大半はヨタカの声なんて聞いたこともないだろう。村はずれに住んでいる人らとゆきくれた旅人だけがときたま耳にするのだ。しかし、この季節のあたたかい夜に森の中に入ってゆくと、ヨタカの声はありふれた音だ。今や一度に数羽の声が聞こえる。だからここではヨタカは不吉ではありえない。夜と月光が不吉ではないように。ヨタカは森の鳥だけでなく、森の夜の側の鳥なのだ。ヨタカからすれば、「人間という新参者が我々の吸う空気を奪いとり、我々が静かにしている折に、自然の間隙を騒音で満たしてしまったのだ。」人の夢の中でヨタカの声の聞こえるような場所は、野性味のある寝場所ではなかろうか。

七　夜のライ麦畑

今や私は穀物畑のかどをまわり、ヤニマツの林をぬけて、降りてゆく。深い木立に囲まれた下の畑へと向かい、涼しさのまさり、湿って霧のたちこめた大気の中に入ってゆく。草の葉に露しげく、大気は、その露で蒸留され、濃縮された草木の芳香をふくんでいる。それは、あたかも冷たい香りのよい蒸気風呂ないし蒸気の池の中へしだいに下ってゆくようなものだった。最初は半身まで、次には頭の上までも。それは太陽のことを忘れてしまった大気であり、太古の湿気の原理が支配しているところだった。露をふくんだ霧の中にはなにか原始的で想像力を持つものがある。それがどういうわけか私に必ず音楽と限りない自然の豊穣さを想起させる。私は事物の起源により近くいるような気がする。

豊かなライ麦畑がその土地でなびいている。今やこれまでよりもさらに限りなく、はてしなく。麦の穂は夕べのそよ風になびいている。みたところ交代し合いながら。すなわち一度に皆がうなずくのではなく、別々に。だからこそこのなごやかな交代劇が見えるのだ。この穀物の果実が、今や枠つきの鎌で刈られるにふさわしく黄色に実っている――この長い麦畑を歩く人は、これをうやまいつつ廻り歩いてほしいものだが――こうして麦たちが軍隊のごとくこの地を占めている姿はなんと豊かなことであろう。小さな木々や潅木がその真ん中にかすかに見えるが、それもライ麦たちの洪水によって圧倒されている。その木々は、麦の黄色い茎と入りまじって、おぼろな茂みとかすかな緑の葉の姿にすぎない。

この黄色くなびき、さらさらと鳴っているライ麦畑は、左右いずれの側にも長くのびて、はるかに高く丘陵地へ達し、さらにそこを乗り越えて、深い谷間の底にただ一つぽつんと狭く黒い通路を残している。それは突き破ることのできない軍隊の密集方陣だ。私はこの古代マケドニアの軍勢のそばを四分の一マイルにわたって歩く。むなしく出口を求めながら。この槍の穂の一斉攻撃を自らの胸に受けとめて、私のために逃げ道を作ってくれるアーノルド・ヴィンケルリード［スイスの英雄、一三八六年、オーストリア軍と勇敢に戦い、戦死］のような人はいない。

これは人間にとっての食物である。大地はむだなく働いてくれ、今やその収穫の重荷を背負っている。それがなんと繁茂していることか。なんと成熟を急ぐことか。豊作の女神ケレス［古代ローマの実りの神］のような神様がいますことを私は実感する。作物の中には、私に恵みの深さ、はぐくむ自然（アルマ・ナツーラ）という発想を授けてくれるものがある。それがこの穀物なのだ。

ジャガイモはこれほどまでに大地のふところを満たしはしない。このライ麦は他の全てを排除し、土そのものを所有する。それは、いわば自然が身につける前掛けだ。その土地の農夫が言う。「来年はライ麦の収穫をするぞ。」それで彼は雑木林を開墾し、そこを鋤で耕す。あるいはもしそこにひどく凹凸があり、石ごろの土地だったらただ野焼きをし、まぐわでならすだけにする。そして心をこめて種をまく。冬の間中、大地は農夫の秘密を守ってくれる。もっとも秋にはそれがいくぶん漏れはしたのだが。それから早春になると、山腹に生じる浅緑の芽が秘密を暴露してしまう。この実り豊かな作物が、岩や薮、地面の凹凸にもかかわらず、遠く幅広くひろがっているのを見ると、その実りが農夫自身にとってもきっと思いがけなく、その運を感謝すべき僥倖とみなしているに相違ないと思えてくる。このなびく作物が農夫の鎌をさし招いているのを目にするまでは、この実りが自分の仕事の成果であることを農夫自身もすっかり忘れていたかのようだ。これこそは、神がつかの間の信心に対して授けたまうほうびなのだ。

私が前と同じ高さのところへ登ってゆくと、再びあのあたたかい空気の層に包まれる。こんな涼しい夕べの中にあるこうしたあたたかい層はたしかにここちよいものだ。その空気は、ここかしこ、森の際から山腹へあてどなくめぐってゆく。日が沈んだので自分のゆくえを見失ってしまった犬のように。

村のあたりでオオカミのほえ声ではなく犬の鳴き声がする。犬は飼いならされたオオカミだ。村人がならされた野蛮人であるごとく。夜に彼らは人間ほどもの静かではない。彼らは敵の侵入を予測して敏感になっている。おそらく暗やみが作用し、彼らを猛々しくさせているのだろう。

ある状況のもとでは、これはたいそう興味深く、音楽的ですらある音だ。博物学者のリチャードソン(6)が、北米犬について、すなわち、カナダとハドソン湾［カナダ北東部の大きな湾］地域の原住民たちがもっぱら飼いならしているあの種の犬について述べている。「キャンプ地の犬たちは、皆夜集まってきていっせいに吠える。特に月が明るく輝くときに。」

八　星々の輝き

不快な気分を体験し、それにどのような展開があったにしても、その日の夕方、長年幽閉されていたかのような家を出てくると、小熊座を構成している数個の星たちが見える。あのたがいに関係し合った位置に――永遠なる図形だ。暗やみが濃くなるにつれて青空に現れるあの輝く点々――盛夏に丘の上で見つかる野イチゴのような――あの点々が我々のものと異なる世界だと説明されても、とうてい信じられない。鳥たちの群れなす大空という海、その上の上層大気の領域でさえも、雲の島々がちりばめられている。さらにはるか上空の天の海にヘスペリディーズの島々［ギリシャ神話における金のリンゴの実る楽園］がある。昼間は見えないが、暗やみが訪れると、その島々の火がこちらの岸辺から見える。コロンブスがサン・サルヴァドル［バハマ群島東部の一島］の火を目にしたように。

別の日の夕方、暗くなってすぐ窓辺で外を見ていると、貨物列車の灯が見えた。そして遠く離れているが同じ高さのところに、ちょうど列車の真上に明るい星があった。一方がかぼそい油のランプで、もう一方がおそらく一つの世界であるとは信じがたいことだった。

風がひどく吹く月の明るいある晩のこと、星の数が少なく、光もかすかであった。その折に、私が船旅を共にした相手の人は、かなり零落していたのだが、それでも星々があればなんとか暮らしてゆける、星々はいわば欠けることの決してないパンやチーズのごときものだ、と考えていた。

暮らしがままならぬことは私自身の無能さによるのかもしれない。けれども、冬の夜空には一種の貧困があるとも思われる。夏にくらべれば、星のちりばめられている数も少なく、星の住み心地もよくないように見える。夏の夜空の深みにある数限りない点々よりも、むしろ冬の夜空のあの輝かしいきらめきによって、数少ない明るい星々が我々の方に近づけられて目立つのだ。これが冬の夜空のおよぼす印象だ。おそらく、より高い緯度の星々は、より明るくきらめいており、だからこそより近く数多く見えるのだ。一方、夏に、不明瞭で、限りなく遠く見え、夜空に底知れない深い印象を与えるあの星々は、冬には全くといっていいほど見当たらない。天の正面の大広間があまりはなやかに照明されているので、それがもっと離れた箇所をすっかり包み隠してしまうのだ。その空はずいぶん下に降りてしまった。

とはいえ、冬の天空に変化がなく、みたところ貧弱であり、いくつか星座の作り出すあの不規則な数少ない図形が古代カルディア［バビロニア地方、古代に占星術にたけていたセム族の人々が支配していた］の羊飼いたちの眺めていたものと同じだと思うと、私はいくぶん気がふさがり、悲哀をおぼえる。地上における同様に天にも新世界があればいいのにと思う。肉眼では見えない星々や星系の荒野が存在すると聞けばいくぶんなぐさめにはなるのだが。でも空は、森林でさえもが与えてくれるあの多様さと野性味の印象を私が期待するほどには施してくれない。むしろ空は、永遠の法則がそうであるごとく、単純さと不変の印象を与えるのであり、この星座は、古代の羊飼いたちが見たのと同じで、やはり同じ法則に忠実なのだ。そこには人の手が加わっていない荒野のようなおもむきはない。私は可視光線を通して夜空を千回も観察したような気がする。それは詩歌よりも科学の領域だ。でも、私が知りたいのは科学では知りえないような星々だ。孤独な旅人の知っている星々だ。

否、古代カルディアの羊飼いは、今私が見ているのと同じ星々を見ていたわけではないのだ。それにもし私がほんのちょっと天空の方に持ち上げられたなら、あの羊飼いたちがやっていた星々の分類を受け入れることもないであろう。彼ら古代人たちが押し付けたあの星々の名によって私自身が幻惑される必要もないのだ。私の知っている太陽はアポロ神ではないし、宵の明星がヴィナス神でもないわけだ。天空は少なくとも大地が新しいのと同じほどに新しくなければならない。

星々のあの分類法は古くさい。まるで天空にカビが生えてしまったみたいだ。それも、星々があんなにひとまとめに密集させられたので、熱を発し、空にカビを生じてしまったのだ。もし星々が固定しているように見えるならば、それは、これまでに人々がそのように見ることをよぎなくされてきたからだ。聖書に関してのように、私は天空に旧約のみならず新約の解釈を読みとる。私はあの羊飼いたちと同じほど星々に近く立っているのではなかろうか。

天空は通常我々の天文学と同様に無味乾燥で貧弱にみえる。それは星々の軍勢にすぎない。天文学が星々の分類目録でしかないように。天の川（ミルキー・ウエイ）はミルクを出してもいない。天文台は倍増されても、天空はほとんど注目されはしない。我々の科学は、いくつか格好な話の種となってくれる。星々への距離や星々の大きさについての堂々たる解説によって。でも、その星々が人間にとってどのように関わるかについてはほとんど全く教えてくれない。人がいかにして国土を測量し、船を操縦すべきかは教えてくれるが、いかに人生の舵をとったらよいかは告げてくれない。

天文学者は、意義のある現象について、あるいは現象というものの無意義さについて盲目だ。ちょうどのこぎりをひくときに木くずから目を守るため塵よけ眼鏡をかけている木びき師のように。問題は何を見つめるかではなく、何を読みとるかなのだ。

むしろ占星術師の方がこれよりも高い真実の萌芽を含んでいた。ひょっとしたら星々は、天文学者よりも牛馬を引いてゆく連畜のチームの御者にとっての方がより意義深く、真の意味で天上的なのかも知れない。今や星々を見る人はいない。皆がそれぞれ自分の地区の学校で天文学を勉強し、太陽まで九千五百万マイルの距離があるなどと学ぶ。私はそんな学説を聞いてもあまり実感がわかなかった。というのも、私はそんな距離を一度も歩いたことがないからだ。こんな話はどうも信用できそうにない。もしもこんな学説のどれかでも正しいと証明されたなら、私のみならず皆さんが驚愕するだろう。にもかかわらず太陽は輝く。(7)

肉眼は望遠鏡をあてた目よりも容易にもっと遠くを見ることができるかも知れない。それは、その目を通して見るのが誰かによるのだ。肉眼よりもすぐれた望遠鏡はまだ発明されていない。実際あんな大型の望遠鏡では、作用の力は大きくても、反作用の方もやはり同様に大きいのだ。詩人の目はすばらしい熱狂状態でぐるぐると回り、大地から天空までを包みこんでゆく。けれども、天文学者の目はめったにそんなことはしない。その目は天文台のドームより遠くを見ることはしないのだ。

肉眼で見える天空の現象にくらべれば、科学の言説は私にとってとるに足らないしろものだ。人間の目こそ真の星探求者、彗星の探索者なのだ。

九　家路

町からは遠いが、その道に入ってゆくと、私の足元に砂が感じられ、私の足音が聞こえる。すると、もう我が宅地内の砂利道に着いたかのような気分になる。もはや私にはヨタカの声も聞こえないし、自分の影に注目することもしない。というのも、私はここである旅人に出会うのを期待するからだ。私は自分がただ歩いているだけだということに気づく。家路をたどる間中、記録にとどめたいような想いを抱くこともない。この間の私の歩みはかなり味気ないものだ。私の歩みと想いは、共にたどる道に導かれて町へと向かう。その道のみが目に入り、私の想いは、五感に示される事物から外にとさまよい出る。私はもうそこにいないも同然だ。人々の歩くとおりに歩いてゆけば、その有り様は世間のものと変わりはない。でも、もしその境界線を乗り越えたならば、私は妖精の国にゆけたはずだ。その例外的な場合をあげるとすれば、ただ一度だけ、ある場所で、突然、月がお供の星々を引きつれて、道ばたの水たまりにまん丸に映っており、しばしの間、大地が私の足元で融けてしまうのを目にしたことだった。

冬の夜、線路の土手道を歩いていると、凍った地面の上で自分のたてる足音に心が乱される。夜の沈黙の音を聴きたいと思う――それが聴くべきプラスの価値を持つものだから。私は耳をふさいで歩くわけにもいかない。むしろ静止して耳を開き、村の騒音から遠く離れ、その夜が私の心に印象づけてくれそうな音、豊かで雄弁な沈黙の音を聴かずばなるまい。その数かぎりない声のささやきをぜひ聴かなくては。沈黙のみが真に聴くべき価値のある音なのだ。それは大地の土と同様にさまざまな深さと豊かさを持つ音だ。今やそれは、人々が飢えと渇きで滅んでゆくサハラ砂漠にすぎず、次にはそれが西部の肥沃な低地、すなわち大草原地帯のことになってしまう。

私が村を離れ、森に近づいてゆくときに、ときおり月に向かって吠える猟犬たちの声なき声を聴こうと耳を澄ます。彼らが何かえものの臭い跡を追っているかどうかを知るために。もし夜に月の女神ダイアナがいなければ、何の価値があるだろうか。

沈黙がうたう。それは音楽的で私をドキドキさせる。私は沈黙の声が聞こえた夜々を思い出す。もの言わぬ者たちの声が聞こえたのだ。

もし夜が単に昼間の反対にすぎないのならば、夜に私には自分の足音以外は聞こえないはずだ。死は私とともにあり、生命は遠のいてしまうことになる。もし自然の根源が人間的でなく、もし風が、星々のまたたくごとくうたったり、ため息をついたりしないならば、私の人生は浅く流れてしまうだろう。

私は自分という存在の深さを測る。私はおびただしい私の同盟者たちと共に歩む。私自身が同盟組織であり、ヨーロッパの主権者たちを吸収する神聖同盟(8)なのだ。

こうして私は帰宅する。

普通の月光よりもっとすばらしい月光があるとすれば、ゆきくれた旅人だけがそれをながめることになる。

私が街はずれにいて、月の荘厳さを楽しみながめている折に、よく思うのは、万人がこの奇跡に気づいており、彼らもまたどこか他の場所でこの同じ美しさをひそかにあがめているはずということだ。けれども、家に入ってゆくと私はその幻想からさめる。人々はハサミ将棋や衣服のこと、あるいは小説に夢中なのだ。この人らも、よろい戸越しに月光の輝きについての報知をしばし受けとったはずなのだが。

十　ほの暗い描写

一八五三年、五月九日、川辺で日没時に。この夕べ、川の水がなめらかで、空気があたたかくなりはじめるときにボートを漕ぐのは楽しい。今日がはじめてのあたたかい日であったと言えそうだ。ブラックバード［ムクドリモドキ科の鳥］はひっこみ思案のはずだが、その豊かなさえずりが音高く、絶え間がない。数知れぬ他の鳥たちの鳴き声はいうまでもない。川の対岸の沼地からステイクドライバー［ツッドリの一種］のポンプのような規則正しい鳴き声がする（その最初のものは先月七日に聞こえた）。今、星明りのもとでシギのキーキーという声が牧草地の上でする。だが、空を舞う音はしない。この季節で最初のコウモリが、ほの暗い大気の中で不意に頭上をジグザグに飛ぶ。そしてすぐにまた視界を去ってゆく。

この動物について（ある作家が）いわく、「昼間は奥津城のような洞窟の丸天井からぶら下がり、経かたびらをまとった死者のあの絶対の沈黙をまねている。」夜になると、コウモリは「暗黒の地区を通り、黙して飛行する大鎌を持ったガイコツ」となる。

眠気をさそういびきのようなガーガーという声が牧草地の端から上がってくる。最近冬眠からさめたある種のカエルの声だ。水に浮かんでいる板を私はひろい上げる。それはジャコウネズミがすわっていた板で、その独特なにおいが発散し、私の両手にもそれが伝わってしまう。もうすでにパウト［ナマズの一種］を釣っている人らがいる。

五十三年、五月十七日。夜大型の昆虫が飛びはじめる。夕べにカエルたちのもの悲しい鳴き声がはじめられ、それは天気があたたかいことをつげている。

五十三年、五月十七日に最初のヨタカが目にとまった。

北極地方の航海者に対して苦情を言いたいのは、彼らが我々に、直接間接を問わず、その光景の独特のわびしさや北極の夜のはてしなく続く薄暮についてあまり十分には実感させてくれないことだ。それと同じ次第で、月光をテーマとする者は、月光のことだけでそれを手にとるように説明するのは困難であるはずだ。もっとも、そうせざるをえないことはわかるのだが。

もし私の書き物の各ページがもっと大きな文字で書かれているのならば、私は手元のランプを消して窓辺に立ち、月明かりだけでそれを読むことだろう。

気になるのは、私が夜の月下の散歩の場面にあまりほの暗さを入れていないことだ。各行がたそがれか夜のことを含むべきなのだ。少なくとも夜の明かりは、月の黄色かクリーム色の明かりであるべきで、せいぜいが銀色の輝きか星々のかすかな光線を伴ったものであり、昼間の白光やぎらぎらした光ではいけない。ときおりは単なる燐光、もしくは朽ちた樹木の発するような輝きを持つことがある。もしもたまには私の文章が、見た目には安全だが実は危険な沼沢地にいたり、そのはるか上空を、鬼火（イグニス・ファツーヌス）のごとくおぼろにさまようとしても苦情は言うべきではない。その文章が持つ独特なほの暗い静寂さによって、読者にその時刻が夕べか夜であることを忘れさせないようにすべきなのだ。もっとも私は、あえてその暗さのことに読者の注意を向けさせはしないのだが。もし気ままにさせておけば、読者はもちろんのこと、昼間の雰囲気を想定してしまうだろう。

月は黄色い光を集めつつ、雲の上で勝ちほこっている。が、いぜんとして西の方はあちこちとかすかな赤い色合いで染められており、昼間のたどった軌跡を残している。経験のない者はこれを夜と呼ぶかもしれないが、実はまだまだだ。月が東の方で雲間にいるときに、動きの鈍い重々しい雲の群れが西の地平線に横たわっていて、いろんな動物や人間たちの姿を展示してみせる。どうして我々はこんな姿形をかくも容易につきとめられるのか。

クジラや巨人たち、あるいは横たわった英雄たちの半身像——ミケランジェロの作品のようではないか。人類の彫像の展示室ができている。イタリア人の頭にのせた一枚の板かと思うと、ちがう、地平線に沿ったあの黒い彫像たち。神話の巨人（タイタン）が頭で運ぶ板。こんなやわらかい軽い材料なのに、なんというしっかりした重々しい輪郭であることか。

十一　夜聞こえる調べ

今私のいるこの人里離れた丘に人の声が聞こえてくる。誰か労働者が一日の労働の後で歌っているのだ。大きな声に違いない。ここから遠く離れているのだから。思うに、きっとそれは教養のある人の声だ。その旋律のある部分はまるで楽器のかなでる楽音のようだ。それに今やさらに遠い所からラッパの音が聞こえてきて、それが私にロマンチックな戦のことを連想させる。数回はなやかな吹奏をしてラッパ手は休息をしに去っていった。月光のもとで私が散歩していて、フルートやホルン、クラリネットや人の歌声による調べを耳にしないことはめったにない。

夜、森の真ん中や丘の天辺で聞く人工の楽の音、かなたの農家からそよ風に乗って運ばれてくるその音はなんとうるわしく、聞く人の心を鼓舞してくれることか。それは人が持ちこたえることのできる、また持つべき価値のある文明なのだ。音楽の調べを聞くためには、私は世界中を歩き回ることもいとわない。思うに人々はこの才能を惜しみながら使っているようだ。人間同士の間では、夕べに聞くフルートの音ほどふさわしいものはめったにないであろう。歌の才能はあるが、その才能を十二年間に一回しか使わなかったという鳥がいるとしたら、それを我々はどう思うべきだろうか。ある種の植物は一世紀に一回だけしか花を咲かせないといわれているのだが。

夕べにある人が、村の家並み越しに、半マイルの距離をおいてフルートを吹くのを聞いたことがある――全ての音色が全くくっきりとしていた。知らせを送る方法としては、火矢を発射するよりもこの方がずっとうるわしいように私には思われた。人類は、世界が始まって以来の長い訓練によってこの芸術を完成に導いた。音を調整する芸術を。そうして野蛮人たちの荒っぽい和声を馴らして大いなる卓越へと達したのだ。

一日の仕事が終わり、今やその労働をした人がクラリネットを吹く。それができるのはこのひとときだけだ。この人は自分のためにセレナーデを奏でる。ということは、この人が心の中でその時間を安らかなものに仕立てるわけだ。彼はこの古式豊かな芸術を練習する。彼の仕事と対比させると、これはなんという技の達成であろう。おそらくこれは人類の最もみごとなたしなみであろう。酒を飲み、かけごとをする人らもいる。だが、この人はある有名なマーチを演奏する。しかしながらその音楽は、その旋律の中にではなく、その音の一つ一つにあるのだ。それは通商や政治の世界から発するものではない。

この演奏者こそ決して昼間見かけることのない人だ。もしこの人がそうだと指摘されても、きっと私は合点がゆかないだろう。でもその演奏は地平線のあらゆる方向で聞けるはずだが。この人はほんの一節だけ吹いてさっさと寝てしまう。けれども、そのたった一節の特徴によって、この人が昼間すごす自分のすごし方にたいそう不満であることがわかる。

この人は自分の自由を買い取っている奴隷なのだ。彼は今なお至るところの丘陵でアドミータス王(9)の羊の群を見張っている太陽神アポロなのだ。そして彼はこの一節を奏でる。自分が天から降りてきたことを自らに想起させるために。それこそが自らを救う手だての全てであり、彼の唯一のあがないの特徴なのだ。それは追想なのだ。彼は若かった頃を思い出したいのだ。彼は高貴な家柄の出身だ。気高い親戚を持つ人だ。それに違いない。幼年の頃にはねんごろに育てられたのだ。今は貧しい作男にすぎないが。何か宝石の指輪をしているとか胸に高価な貴金属の小箱をつけているとか、あるいは彼に高い位を意味する紫衣が託されたというのではなく、まさにあの高貴な旋律を彼は発するのだ。自然の四大［地、水、火、風］が彼を認め、彼の奏でる旋律をこだまさせる。ああ、犬たちが彼を知っている。自分らの主人として。もっとも貴族たちや貴婦人たち、金持ちや学者たちは彼を知らないのだが。彼は、国のために尽くした富貴な人、貴顕の子息なのだ。彼は祖先の物語を色々と聞いたことがある。私は、彼が自分の家柄に気づき、その遺産を手に入れ、朝の時間にふさわしい歌を歌うときのことを思ってみた。彼は心中に希望を抱いているのだ。

この人が昼間クラリネットを吹くのを一度も見かけたことがない。

ああそうだ、このプリマス［ボストン郊外の港、一六二〇年に植民地成立］の地平線においてでさえもアポロ神はアドミータス王のために働いている――この神の別名は「生計（たつき）」なのだ。これがために神話は我々にとって真実で興味深いものとなる。

十二　月のランプ

月はこれまでのところ、東の地平線にある広大な雲の土手によっておおい隠されていた。その雲は月よりも早く昇ったようで、一晩中月をおぼろにしかねなかった。

けれども突然月は雲の上に昇った。私があの暗い雲の土手をもう一度見てみようと思ってしばらくすると、その土手は消えてしまっていた。しいて言えば、月の光に照らされて、月の下の空に、ただ薄いもや状の雲の輪郭がかすかにたどれるだけだ。雲のこのよこしまな見かけをあんなに巨大で恐ろしいものにしたのは、まさにその背後にある月の輝きだったのだ。というのも、その雲は私のみならず月をも威嚇するように思われたからだ——しかし、今や雲は消え去り、悪夢のごとく忘れ去られてしまう。

月はこのように自己の危難を自らの光によって拡大しながら現れる。最初はその危難をあらわにし、全く巨大に黒々とそれを見せつけ、大げさにする。ついでそれを背後に投げやり、隠していた自分の光の中にほうりこむ。月は澄んだ空の中を意気揚々と自らの道をたどって昇っていく。昇りはじめは暗い雲におびやかされたが、今は、雲の上に昇った月にふさわしいものごしで。あの黒い貫きえない雲の土手、それは私のあらゆる希望の破滅を示すものかと案じられたが、今やそれは、東の空遠く、かすかな紫色を帯びた蒸気の薄もやのひとはけにすぎない。

およそ我々が勝ちどきをあげ、相手を背後に追放してしまうのは、邪悪という相手に対してだけである。というのも、本当に勝ち誇るのは我々ではなく、むしろ我々を支える幸運の星だということを私は銘記しているからだ。

たそがれが深まり、月光がますます輝きを強めるにつれて、私は自分自身を見定めはじめる——自分とは誰なのか、どこに位置しているのかについて。まわりの壁がせばまると、私の気分は落ちつき、泰然となる。そして自己の存在を感知する。ちょうどランプが暗い部屋の中に差し入れられて、いっしょにいる仲間が誰であるかを認知するときのように。夜の涼しさとおだやかな銀色の光によって私はあるすこやかさをとり戻し、私の思いはよりはっきりし、中庸がとれ、やわらいだものになる。昼間がすぎ去ってゆく間にしっくりと想いをめぐらせるようになる。太陽の強烈な光は、私が瞑想にふけるのをふさわしくないものにし、私を思考の中でさまよわせる。私の生き方が集中力を欠いで、拡散してしまう。決まりきった活動が勝ちを占め、私を支配する。そうなるととるに足らないことがより大きな力を持つ。真昼時が最強となる。それは二十四時間中で最もとるに足らない時間なのだが。

太陽はこの世界を外側から照らす。最高天の天空にいて、窓からさしこむ。けれども、夜我々が暗黒の屋根によって包みこまれるときに、月は部屋の中にあるランプのようだ。月は我々のために輝いてくれる。星々自身は、夜によく見え、それがために我々により近く、より親しみのある屋根となってくれる。大自然の偉大なる魂が我々を包みこんでくれるのが感じられる。大自然は、我々の思想の卵を暖めてひなにかえす仕事を太陽だけにまかせているのではない。まるで幼鳥のように我々は大自然の熱を感じ、大自然の身体が暗く我々にかぶさるのが見える。我々の思いは消散することなく、こだまのように我々のもとに戻ってくる。

月は我々を鎮める調停者になってくれる。月は私の目をくらませることのない光の与え手だ。私は月の顔を見つめることができる。月の光によって私は冷静になり、じっくりと考えこむ。それはあたかも、のどの乾いた人に差し出される一碗の冷水のようだ。

月光、それは冷たく、露を帯びた光であり、その光の中で昼間の蒸気が凝縮される。そして大気は夜の闇によって暗くされるが、昼間より澄んでいる。「最良の鏡によって濃縮されても、月光は温度計の上になんら感知されうるような熱を生じない」といわれている。月光によってひき起こされる狂気は、きっと冷たい興奮であり、炎熱の太陽が頭脳に差して生じるあの発狂とはちがうのだ。

月光のもとでは全てが単純なものとなる。事物はおおむねその色彩を奪われ、より真実度の高い検査によって試される。科学は色彩にさほど力点を置かない。夜はいろんな物体がしばしば同じ内容のものに見える。我々は物体の群によって圧迫されることもなく、毅然として身を起こすことができる。我々はもはや気が散ることもない。インディアンは夜分に会議をする。月光のもとでは全てがパンや水のように単純だ。芸術の根本原理のように単純だ。それはおそらく日光のさす前に受けるべきレッスンだ。その日光を受けとる準備を我々にさせるためのものなのだ。

十三　太陽の弟子

濃く繁った森に入ってゆくと、月光があちこちの木々の特定の切り株や幹から反射しているのが見える。そこら一面が影になっており、反射しているのは銀色の光で、それは、あたかも月が照らすべきものを選んでいるかのようだった。私は急いで前進する。朽ちて燐光を発する切り株を見つけようとして。けれども、それは木々の葉と葉のすき間を通して降りてくる澄んだささやかな月光だと知れる。どのすき間からくるのか、そう簡単には言えないのだけれど。木陰の中を通って森の床にさしこむこの小さな散乱光は、私が今まで見たことのない植物、「月のたね」［コウモリカズラの類］を想起させる——月がその種をこんな場所にまいて植えているかのように。月のたね、それはある種の植物にふさわしい良い名前だ。

月夜がはじまるのはやっと十時近くになってからだ。人が眠っており、昼間が忘れ去られているときに、そのときにこそ月影が美しくそそがれる。ひと気のない牧草地の上に、ひっそりと牛たちが、草を食んでいるところに。そうなれば、この多様な丘陵と谷間の地域へ、私の出番がやってくる。その片側には鬱蒼とした森があり、また雑木林や疎林、潅木の茂みに岩々もあって、木陰をつくるのにこと欠かない場所だ。

この光は、むろん我々が一日中浴びているのだが、それを実感していなかったものだ。それで、より大きな光が去ると、小さな光が実にくっきりと見えてくるのがわかる。今や月がなんと純朴に自然に君臨することか。たしかに月は太陽によってその存在を隠されるが、今や彼女は、太陽を反射し、その代役をすることによってほぼ同等な尊敬と崇拝の念を獲得する。しかも、太陽光にある新たな要素をつけ加え、太陽の弟子がいかに創意に富めるかを示している。さらに真昼時にも、月は、太陽のかたわらにほの白く、雲のようにではあるが、よく見かけられる。午後ときおり、月が東の空高く、満月の三分の二の大きさで出ているのが見える。こうした日中の光景では、ほの白く、つつましやかな雲のようで、幽霊さながらの姿だ。それに月は、反射光だけでなく、自分でも輝くように見える。

ふさわしい弟子とはこのようなものだ。師のいるときにもその姿が見え、ぬきんでた地位を保っている。そして師のいない折りには、師の姿を映し出し、師の代役をつとめ、さらに師の光にある新たな要素をつけ添える。隷属する従者ではなく、師のライバルでも決してない。師が退くと、このほの白い弟子は銀色の光を発しはじめる。暗やみが深まると、ついに金の色合いを帯びてゆく。けれども、植えたばかりの作物の種を焦がすほどの、また、落ちてきてその種を育ててくれる夜露を乾かしてしまうほどの熱を帯びることは決してない。

森林地の小道は昼間と夜では別物だ。もしその小道に少々木々が伸びると、目ではその道が見出せず、足まかせで歩かねばならない。ちょうど旅人が馬まかせになるように。

十四　夜の水面

十一時だ。私は川の二百フィートほど上手の森の中で、崖の上にすわっている。風が吹き、川は休みなく静かに流れている。夜分は、目で見なくても、川でどんな風が立っており、どんな水が流れているかが耳で確実にわかる。その人が川の近くにいるならば。月光は見たところはてしなく続く森から反射されている。

この夜はなんと静かでおだやかなことか。恐れからであれ喜びからであれ、何の叫び声も聞こえてこない。大いなる喜劇も悲劇も演じられてはいない。野生のけもの、あるいは野性的な人の精神からの叫びが聞こえてこないとは驚きだ。コオロギの鳴き声は、最大の音ではなくとも、最も普遍的な音だ。大自然にはフランス革命などはなく、激越さもない。ただ温度が一、二度高かったり、低かったりするだけだ。

私の肩越しに北の方の明かりが見え、それがエスキモーたちのことを連想させる。彼らも、この地球上でやはり私と同世代の者たちで——おそらくアザラシを追いかけながら、この惑星の別な区域を歩んでいるのだ、と。

この崖の高みから四分の一マイル離れた向こうの池、つまり川が広がってできた池の水面を見おろしていると、そこには黄色な明るい光はなく、ごく薄いもやがかかり、池の南西部の入り江に、暗い油状の、ガラスのようになめらかな輝きが見える。こちら側の月に照らされた大気の中には二、三本、松の木が立っているのが目に入る。また月に照らされた水面の部分は、東側の森の水に映る鬱蒼とした木々の影によって区切られている。けれども、この崖からでも、つややかな水草の葉に縁どられ、ジグザグになった岸の線をかすかに目でたどることができる。

その水の光はたいそうやわらかでビロード状なので、さながら千ものおだやかな昼間の時がその水面にやさしく置かれ、憩っているかのようだ。それによって私はインディアン・サマー［晩秋の小春日和］の日々の正午に（見たことのある、もしくは夢に見たことのある）湖のことを思い出す。けれども、現実のこれは、もっとおだやかで気品のある水面であり、永劫にわたる夏の日々が経過して造り出したさらに高い洗練のすがたを提示している。遠く離れて眺めた夏の日のようだ。これは、よりやわらかな彩りで作用する日光の全てが融けあい、さらに水と大気のあらゆるこうした静けさが加わってできたものである。ちょうど十一月のある日の真昼に、水面全体が陽光にきらめく一枚のクモの巣状になり、しかもそれが、わたってゆくそよ風に吹かれて、そっと起伏しているようなのだ。ただしこれには、月のさらに清らかな光と、夜のさらに涼しい気温が作用し、この水面をぐるりととり囲んで守っている夜の深い影が伴ったのだ。

もしこんな光景が最はての原生自然の土地で見られるとしたら、きっとそこの住民たちがそれを眺め楽しんでいるといえるのではなかろうか。

原生林の真ん中にあるこの眺めは神々の所有物だとしても、夜分、さらにそれに、きらめく水のかくも美しい器を添えることを求めるとは、これはいったいどんな神々の意図なのか。神々のわざでなければ、なぜこの美しさが夜に割り当てられたのか――これは夜の領分で輝く宝石だ。あの神々はもう去ってしまった異神たちなのだ。思うにその神々の名前はどんな神話にもでてこない。

夢を見ているときのようなほほえみが、この眠っている池の面に浮かんでいる。

それは、はるかかなたの、経過して久しい文明のことを、時間を超克し、時間では計れない昔のことを語っている。それは自然の中にある確かな洗練であり、文明ではあるが、野生と共存し、野生によって強まるもの――それは、夜の中にある光のことだ。といっても、それが明かりの乏しさを私に認識させるのではない。我々が目にするもの、言い換えれば、夜が我々に提示したがっているものを見せるには十分な光があるのだ。それ以上の光があれば、こうしたものがかえって不明瞭になってしまう。

池にそそぐ小川の音が聞こえる――私の五感にとって言いようもないさわやかさだ。まるで私の骨を伝って流れるかのようだ。私の心は、飽くことのない乾きでもってその音を聞く。それは心の砂地の熱をしずめてくれる。

それは私の体内の循環に作用する。思うに私の動脈はそれに共震している。それは、私が血液の循環の中で聞く純粋な落水の音――私の心臓に落ちる流れの音に他ならないのではないか。昼も夜も変わりなく流れるこのコボコボという水音は、私の体内のあらゆる撹拌器に落ち、あらゆる水おけを満たし、私という水車の水受け板を水にひたし、心身の全装置を回転させ、私を大自然の源泉へと導くための用水路にする。こうして私は洗われる。こうして私は飲み、乾きをいやす。

その流れが池に落ちる音は散歩者全てに聞こえるはずだ。もし散歩者たちの位置がほんの数インチ高められるならば。

今私が丘を下ってゆくとき、北側の光は、噴き上げる短い炎を上にのせた三日月形の光に――もしくは炎の影になった。というのも、その光はときおり白く、また黒っぽくなったからだ。

今やその北方の火はみごとに広がってゆく。噴き上げるというよりもむしろ這うように進みながら。夜遠く離れて見える北方の山並みの火事のように。極北のかなたの神々が薮の茂みを焼いているのだ。その火が広がり、天にある農具の鍬を全て用いても、それを消すことはできないのだった。その火は三日月形の丘を越え、西から東へ広がった。巨大なホタルのようにそれは北の空をよぎっており、数多くの火の粉にちぎれ、その一つ一つが空のまわりをめぐって虹色に輝き、東の方をさして懸命に進もうとする。長い虫のように、己自身の環状の筋肉を使って這いながら。

その火は神々の最良の植林地へと広がった。今やその火が一つぽつんとしたかがり火のように、もしくは、燃えている潅木の茂みのように噴き上げる。あるいはその火が、導火線のように松の木をかけのぼり、その箇所で炸裂する。それでいて、火は、燃えている油分の多い切り株のようにあちこちできらめき続け、水面に反射している。

以上は私の幻想にすぎないのだが、この幻想は、私が大地にものが燃えた臭いをかぎとることによってさらに完璧なものとなった。今や私には神々が大いなるみわざをふるい、その火をとりおさえたことがわかる。そして星々は何の恐れも抱かずに輝き出たのだった。

（コナンタム[10]の）岩が多いむき出しの丘の頂で、しばらく（林の影の中に）すわり、月に照らされた野原を見はるかす。白い岩々は昼間よりもくっきりとしている。

今、大気は岩よりもあたたかい。大気が申し分なくあったかなので、できれば一晩中ここにとどまり、夜が明けるまで夜の現象の一つ一つを全て観察していたい気持ちにかられる。でも、もしそんなことをしようものなら、町中の人らがかり集められ、私を捜索することになるだろう。ここの尖塔形の岩の上で、私は冷気も感じずに横たわっておれる。自分の目と星々の間には何のさえぎるものもなく、ただ空間があるのみで、あおむけになっている。あの星々が、天の側における最も近い我が隣人たちなのだ。こんなありさまを想像してもらいたい。その星々が私にとってなじみがあろうとなかろうと、また別世界の存在であろうと、単に大地にとっての飾りものにすぎなかろうと、それはさしつかえないのだが。こんな状況のもとでは誰が眠りにつけようか。

私は北極地方の住民たちのことを思う。というのも、私には、この地球上の最も近い人らと同様に最も遠い人らにも縁があるように感じられるからだ。オズボーン(11)は、彼の『北極日誌』の中でこう述べている。

「こうした北極の動物たちと共に住民たちも、もっと南の風土における場合と同様に、規則正しく身体を休めるために寝につく。太陽の近くに重々しい雲の土手があり、それに天空の落ちついた色合いが加わり、北極の夜に快適さと共にきわだった静けさを与えてくれる。」

私がここにすわっていらい、一つの明るい星が木の幹の背後に隠れてしまった。それは私の体内時計が動いていることを表示してくれる。私にとっては、循環する時計の振り子よりもよくそのことを証明してくれる。

そして今やその星があの木の別な側に現れている。それで私は去らねばならない。

ここには依然として露が生じていない。リンゴの木に鎌が三本ぶらさがっているのが見える。

十五　月と雲の戦い

一時半に起き立ち、注意してそっと歩み出てゆく。家族の者たちの妨げにならないようにと。やはり注意して通りに出る。隣人たちを妨げないようにと。へいを乗り越えると初めて自然に自由に歩けるようになった。それから川に行って水浴をした。その後、三マイル先の弧丘へ進んでいった。

世の中と世のいとなみは全て休息させられている。私は何の前置きもなく、ただちに深夜の中に踏みこんでいた。その中を通ってゆくのにかすかな明かりもなかった。

このような晩、見たところ月が雲の中をよぎっていく際に絶え間ない動きがあり、それを見物することは旅人にとってなんという悦楽であることか。その人がすわっていようと立っていようと、月の動きは、常にその人にとって新たな展開を準備してくれる。それは月光の夜のドラマであり、すなおな心の持ち主にとっては十分な催しごとだ。その人は全く一人であり、月も一人ぼっちで、森や湖や川の上で、山並みの上で雲の全艦隊と戦い、絶え間なく勝利をおさめてゆく。月が次にどの雲を相手にするかは必ずしも言えない――雲の中をたえず踏み渡ってゆくのだが。月がこちらの雲によって陰らされても、もっと遠くだがより低い雲の上では輝いているのが見える。月は雲に対してなんと数限りない遭遇をしていることか。

人は月の運命を決して予言できない——今から三十分後、月が雲にうち勝つか、それとも雲に陰らされるかを。月はあらゆる予想を無にするだろう。月自身の光が、近づいてくる雲に影を造り出し、月の見かけの運命を誇張する。

月が陰らされると、私は月に対する同情のあまり、その救いのために犬をむち打つこともできるほどだ。インディアンたちがそうするように。

月が明るく妨げもなく輝いているか、それとも曇らされているかは、寝床で眠っている人には無関係だが、旅人にとっては非常に重要なことだ。月がなんの妨げもなく輝き出すとき、大地全体があらわす晴れ晴れとした喜びを人が実感することは容易ではない。その人がしばしば夜間外出をしたことがないのであれば。

旅人の月によせる共感は、ただよう雲のドラマを言いようもなく興味深いものにする。真夜中すぎの時刻になると、月は旅人の案内人であると共に唯一の同伴者でもあり、それで旅人の想いは全て月に集中される。彼の仕事の全ては、どの雲が月のはげましの光を遮断する運命にあるのか、どの雲に月がうち勝つだろうかを算定することだ。

月は旅人のために雲たちと絶え間ない戦いを行なっている。どの雲が次ぎに月の取り組み表に入ってくるのだろうか。月は旅人のめぐらした想いを採用する。月が天空の大いなる範囲の晴れた領域に入ってきて、なんの妨げもなく輝くとき、旅人は喜ぶ。そして月が、敵とする雲のあらゆる艦隊と戦いつつ進んでゆき、痛手を負うこともなく、堂々と澄んだ空に昇り、その通り道にはもはやなんの障害物もなくなるとき、旅人は愉快げに、自信を持って己の道をたどり、その心は喜びに満ちる。コオロギもその歌に喜びを表しているようだ。でも、もし月が戦うべき多くの新たな雲の群を持っているのがわかると、旅人はむっつりと進んでゆく。失望し、不満を抱く人のように。旅人はそのことを自分自身にとっての侮辱のようにいらだつのだ。

このように私は、ひと気のない月に照らされた夜の中に出てゆく。まるで、昔人々が住んでいたが、今では見捨てられた情景の中に入りこむように。その人らの人生は私にとって夢のようなものだ。夜がその場を所有していらい三千年がたったのだ。深夜出かけていってコオロギのうたうのを聞いてみたまえ。そして彼らの王朝が古いもので、しっかりとうち建てられたものでないかどうか学んでみたまえ。夜はたしかに自己の領域をとり戻しているのだ。あたかも夜の王朝がとぎれなく続いているかのように。あるいは、昼間の基盤を築いてやったのが夜であるかのように。

樹木のもと、ほの暗い光の中に立っている農家と納屋のそばを私は通ってゆく。そうした農家がとても遠くに位置しているか、またはヴェールに包まれているかのように感じながら。そこの農家の人らと雄牛たちは皆眠っている。番犬ですら目覚めていない。人類が眠っているこの全世界にはひと気が薄くなっている。ニューイングランドの農民年鑑が関心を示すその対象は皆寝入っている。皆が今や異なる次元に属しているのだ。

十六　夜の哲学

人は哲学者のことをこの世界の見物人だと言うかもしれない。哲学の極度の高みに立っている人にとって、人類とその営みは、しばしばその視界から沈んでしまうことだろう。全く人間は、あまりにもその存在を主張されすぎているのだ。ある詩人［英国の詩人アレクサンダー・ポープ（一六八八—一七四四）のこと］の言では、「人類の正しい研究対象は人間」である。でも私は言う、この世界についてもっと広い視野を持て、と。あの詩人の言は、人類の自己中心癖によるものだ。主に出版業者らが牛耳っているあの子供じみたゴシップ的な社交文学のことを思ってもみたまえ。

別な詩人(12)の言によれば、我々にとって世事が多すぎる、とのことだが、むろんその真意は、我々にとって人間の要素が多すぎるということだ。人間についての公表された所見、諸々の制度や世間常識の中には、狭量さや妄想が入りこんでいる。人類愛の美徳をあんなに誇張し、それを人間の属性の最高のものとするのは、我々の自己偏愛のなせる業なのだ。遅かれ早かれ世の中の方が成長し、人類愛やそれに基づくあらゆる宗教をしのいでしまうだろう。そうした宗教が久しく我々の精神を維持することはできないだろう。妄想にとらわれないようにするためには、ときに人がそれをやり過ごし、その人の存在が砂粒ほどでしかない宇宙をながめるようにしむけたいものだ。

たしかなことだが、私のいろんなもの思いの中で、社会との、また人とのつながりと共存し、共時している発想は、たとえそれが人情味のあるおだやかなものであろうとも、それが最も賢明で最も普遍的なものではないのだ。村、都市、州、国家、つまり文明世界――それが哲学者に大いに関心を持たせるとはどんな意味においてなのか。むろんそれは巣ごもるのに快適な場所のことであり、そこに我々は心のかよう友人たちや炉辺を持っている。にもかかわらず私は真夜中に起き上がりさえすればよい――昼間私が、自分の思考の中でちょっとばかり飛翔したり彷徨したりするためには。みんなが眠りこんでいることを認識するためには。我々の文学をみたまえ。読者の共感を求めて、なんという貧弱な、ちっぽけな、おつき合い的な内容であることか。作者自身が読者たちへの気使いで思い悩んでいる――自分が死ぬまでになんとか読者を一人でもものにしたいというわけだ。

この世で我々がおたがいを汚し合うことに甘んじるのではなく、皆が共に天国に至れるようにしたいものだ。良き人であるということは、良き市民であり、良き隣人であることにほかならない。人類というのは巨大な団体だ。それはたいていの者たちが所属している共同体だ。そのことに関してだが、以下の問いは、私が仲間の者に試してみたい一種の試験問題なのだ。「この人は人間を忘れることができるだろうか。この世界が眠っていることを彼は見届けることができるだろうか。」

宇宙観といっても、それに人間や人間のいろんな仕組みのことがただちに、しかもかならず入りこみ、世の広範囲な注目を集めるような、そんなたぐいの発想を私は評価しない。人間とは私の立っている足場にすぎず、そこからの展望ははてしがない。この世界は私という存在を映し出す鏡の間ではないのだ。私がものを考えるとき、私の中に私以外の他者がいることに気づく。哲学にとっては、私とはすでに過ぎ去った現象にすぎないのだ。

宇宙は人間の住居としては大きすぎる。世の中にはめったに戸外にいかない人々がいる。大半の人らは夜常に家にいる。その生涯でただ一度でも一晩中野外にいたことのある人は本当にごく少ない。人類の世界の背後にまわり、人間のいろんな仕組みのありさまをまるで路傍のキノコのようにながめたことのある人はさらにわずかである。

人間とそのあらゆる関心の対象をその中に封じこめてしまえるような円を描きたいものだ。その円の外では、人はとらえどころのないものとなるだろう。哲学者とは、この円の外側を歩み、人間を地平線における一現象にすぎないと見なしうる人だ。

十七　夜明け前の音

時計が三時を打つのが聞こえる。

オリオンの帯のところの光が夜空を貫いて我々の方に至るのだが、その光は昼間の青空のなごりを示しているかに見える。そちらの側の空は少なくとも西側の方よりも明るい。月の出ている付近よりもである。夜間でさえも、空は黒ではなく青いのだ。というのも、我々は地球の影を通して遠く離れた昼間の大気をのぞきこんでいるからだ。私は、太陽が支配し、その光線たちが浮かれ騒ぎをやっている昼間の広い空のことに思いを馳せる。

この遠く離れた丘の頂きから、農夫が馬に鞍を置き、遠い市場へと出発するもの音が聞こえる。けれども、自分自身に鞍を乗せ、もっと価値のある企てに出発する人はいない。雄鶏の一鳴きが農夫のすごした全生涯を物語る。

修繕中の橋の横けたの上にすわっており、今三時半、雄鶏の鳴き声が聞こえてくる。その音はなんとみごとに夜明けに調和していることか。それは暗やみをひき裂く陽光の最初の矢によって造られたかのようだ——太陽の車軸の散乱する音が、もうすでに東の丘陵を越えて聞こえてきたのだ。

人間の一生はいやしくてとるに足らないものだが、自然は神聖で英雄的だ。なんという限りない信頼と約束と温和さでもって新たな一日一日がはじまることか。

そして今や朝の最初の兆しが旅人の注意を引きつけ、旅人は喜びを示さずにはいられない。それに月は次第に彼の記憶から薄れはじめる。風が立ち、雑木林をそよがせる。

時計が四時を打つ。

二、三匹の犬が吠える。さらに二、三の荷馬車が市場へ向けて出発する。そのかすかなガラガラという音が遠くに聞こえる。そして私の飼っている名もないフクロウの声、ゆっくりと近づいてくる貨物列車のとどろき、それはおそらくウォルサム(13)の町あたりの距離であるが。それに早起き鳥の一羽の声。

丸い赤い月が西の方に消えかけており、東の方には白い色が現れているのがわかる。その頃までに西の方から暗いどっしりとした雲がいくつかやってきた。まるで近づいてくる太陽にひき寄せられたかのように。そしてそれが、東の空の入口のまわりに放射状に並んだのだった。太陽の現れるのを防がんとするかのように。雲たちは、突然、ほとんど気づかれないままに、西から東へ、全く空を横切って動いたのだ——その前は空が晴れていたのに。やってくる夜明けをすみやかに迎え撃つべく、西の軍勢のこの暗い集団を配列させ、前進させるためのラッパは聞こえてはこなかったが。人々がまだ眠っている間、この強大な西軍は、空をよぎって次々と雲の縦隊を送り出したが、全くむだだった。

東の地平線は今や焦げ茶色になり、夜の前衛部隊がすでに太陽の先兵隊と小ぜりあいをしている箇所を示していた。赤く輝く光がそこの大気を染めつつあったが。一方、暗い柱状の雲が、その輝きに触れることもなく、幅広い空の玄関にさしせまるようにかかっている。

カッコーが一羽頭上を飛び、子犬の吠えるような音をたてる。まだとても暗いので、私はとり落とした鉛筆が見つからない。それで、それが見えるほど明るくなるまでに三十分間そのままでいた。

岩の多い丘の頂きに立っていると、ついプファイファー夫人[14]の冒険のことが思い浮かんでくる。夫人がメソポタミアのモスール[15]からロアンダス[16]へキャラバンの旅をした際のことである。その道は山の峠を抜けており、その峠で、一行は、自分たちが動かした石が深淵へ転がり落ちていく轟音を聞いたのだった。

夫人の話では、「私たちはこうして一時間ほどの間進んでゆきました。すると月が突然厚い雲におおわれてしまい、あんまりまっ暗になったので、ほとんど一寸先も見えませんでした。案内人はたえず火打ち石を打って、その火花によってゆく手が見えるようにしてくれました。けれどもそれでは不十分で、動物たちはつまずいたり、すべったりしはじめました。やがて次々と立ち止まり、朝までじっとしている以外に方法が無くなりました——まるで私たちが突然石に変えられたみたいに。それでも、夜明けの光によって私たちは再びよみがえり、元気よく馬を駆りたて、ほどなく、形容できないほど美しい山並みの輪の中に入っていったのです。」

列車がゆっくりと近づいてくる音はにわかに起きる風の音に似ている。最初私は朝の風が立っているのだと思いこんだ。

今やたぶん四時半で、どこか遠く離れた工場の鐘の音が聞こえる。工員たちを仕事に呼び起こしているのだ。ここではそれがとてもきれいな音にひびく。きっとそれは、私が一度も訪れたことのない谷間にあり、一度も見かけたことのない工場なのだ。けれども今聞いていると、それはまさに美しく感銘深い朝祷の鐘で、聖人たちや聖なる乙女たちを礼拝に呼び出しているかのようで、工場の娘たちや職人たちにとるに足らない労働を再開させようとしているのだとは思えない。

それはなにか宗教的な、もしくは詩的でさえある共同体の呼び出しのようで——遠くの谷間に住んでいるなにか神聖な共同体、たとえば気高い騎士団の朝の祈りの鐘であり——こうして彼ら自身の朝の思索と調和し、遠く、広く、うるわしく、ひびきよく鳴っているのだ。

この大地とこの時間にこれほどふさわしいものを他に想定できるだろうか。高い決意と献身的なましいの持ち主がその鐘のひもに触れて、そのとどろきによりその人の仲間の修道士たち、修道女たちが安らかな眠りからさめ、かぐわしい朝の思索をはじめるのだ。それがアサベット[17]における騎士の工場の鐘だということをはばからねばならぬ理由があるだろうか。何回か耳ざわりのよいひびきがあり、それからまたあたり一帯が静かになる。

十八　昼という名の夜

私が夜の大半を外の月光の中ですごした後は、翌日の夜、もしくはたぶん翌日の昼間、その埋め合わせをするために多めに眠らねばならない――古代の人々が述べたように、「エンディミオニス、ソムヌム、ドルミーレ」(エンディミオン的な眠りをすること)が必要だ。でも、このように昼間を夜に置き換えることによっても得るものがある。エンディミオンは大神ジュピターから望むだけ常に若くあり、眠っておれる権利を獲得したといわれている。誰もが眠りを恐れないようにさせたい。もしその人の疲労が自己の天分に従うことから生じるのであるならば。夜分でさえも、その人が床につく権利があるかどうかは、その人が昼間をどのようにすごしたかにかかっている。だから、自分が日光の中で眠る権利を持てるように何時間かをすごしなさい。神々と夜をすごした者は、昼間ふつうの労働によって疲労した者が夜眠るのと同じくらいくったくなく眠るのだ。

カトー[18]いわく、「犬たちは昼間は黙していなければならない。夜分もっと鋭敏（アクリオーレス）で、もっと猛々しく、不寝番がもっとよくできるように。」月や星の観察者についても同じことがいえるだろう。

その種の生活では、実は眠っていながら、自分たちは目をさまして生きているという夢を見るわけだ。というのも、夜間の散策では目をさまして生きており、一方昼間の生活は夢としてのように思われるからだ。

けれども大自然は、人が夜間あまり外出すべきではないと定めているようだ。太陽の光に比べて月の光がかすかで乏しいことで、月はおそらく人間に対する月自身の意図を表明しているらしい。たぶん月は、ほんの時たま、森羅万象を夜間ながめるようにと人を誘いだすために輝くのだ。けれども、やがて、昼間の方が労働にとってふさわしい時間帯だと人に警告するために欠けていくのだ。

我々が年齢を重ねるにつれて、朝についてよりも夕べについて言うことが多くなるというのは不吉なことではなかろうか。我々はもっと早い時間につき合わねばならない。

私が、月光について同様に日光についても書いてはいけないわけがあろうか。少なくとも月がその三日月形を見せていないおりに、私が太陽をながめてはいけないはずがあろうか。

もし万一、我々が、夜の場合と同じような放心状態で、とはいえ同じほどの公平無私な観察と批評の能力をもって日光のもとを歩くとしたらどうだろう。それも、陽光が我々のために輝くのではなく、あたかも我々の方が自主的に陽光を賞賛する目的でその中に立ち入ったのであり、いかなる仕事も我々の気持ちをそこからそらすことはありえないというようにである。月光のもとでは、我々は世俗的な土臭い大地の産物ではなく、霊的な気高い大地の申し子である。だから我々は、太陽を月として、かなり薄い光、つまり反射光にすぎないものと見なし、昼間を、まだいくつか星々を一べつすることができ、薄暗がりが支配する夜として受けとめながら、日光のもとを歩くことができるかもしれない。もしやってみるならば。

（完）

註

（1）ボストンから北西へ向かいフィッチバーグに至る鉄道。途中にソローの郷土コンコードの駅がある。

（2）イスラエルの地名で、「配偶あるもの」を意味し、イスラエルのかがやかしい未来を象徴する。また、人生の晩年における安息の地を指す。

（3）仲秋の満月に続く次の満月の折に狩猟期に入る。このためにこの表現がされる。

（4）Guillame de Saluste Dubartas（一五四四―九〇）、フランスの詩人。作品『ラ・スメーヌ』（『創造の叙事詩』）一五七八年。

（5）Joshua Sylvester（一五六三―一六一八）、イギリスの詩人。デュ・バルタスの『ラ・スメーヌ』を一五九二年に翻訳した。

（6）Sir John Richardson（一七八七―一八五六）、スコットランドの博物学者で北極圏地域の探検家。*Fauna Boreali-Americana*（『北アメリカの動物相』、一八二九―三七）等の著者。

（7）ガリレオが言ったという有名な言葉、「それでも地球は動く」のもじりらしい。

（8）ナポレオン一世の失脚後、一八一五年にロシア、オーストリア、プロシア等の間に結ばれた同盟。理念としてキリスト教的な友愛を目的としたが、実質的には革命の防止という意図があったといわれる。

（9）ギリシャ伝説におけるテッサリアの王。金の羊毛を目指したアルゴー船の乗組員の一人。

（10）マサチューセッツ州のコンコードでソローが一時住んだウオールデン湖畔の南西側にある地区の名。

（11）Sherard Osborn（一八二二―七五）イギリスの海軍士官で探検家。北極探検中に行方不明になったフランクリン（Sir John Franklin ）の捜索のため、二回（一八五〇—五一、一八五二—五四）北極圏への航海をし、指揮をとった。

（12）イギリスの詩人ワーズワス（William Wordsworth, 一七七〇—一八五〇）の言葉。

（13）マサチューセッツ州の都市でボストンの西方にあり、時計の生産地。

（14）Ida Laura（Reyer）Pfeiffer（一七九七—一八五八）オーストリアの旅行家。一八四二年に来日。*Meine Zweite Weltreise*（『私の二回の世界旅行』）等の紀行書がある。

（15）イラク北部、ティグリス河畔のニネヴェの廃墟の対岸に位置する都市。

（16）モスールの東方にあり、イランとの国境線に近い小都市。今日の綴りでは Rawandiz。

（17）ソローの郷土コンコードを流れるコンコード川の上流は、アサベット川とサドベリー川である。そのアサベット川の流域の区域。

（18）Marcus Portius Cato（前二三四—前一四九）通称大カトー。古代ローマの将軍、政治家、文人。コンスル（執政官）等を勤め、雄弁家で質実剛健な気風を広めた。ラテン散文文学の祖と言われる。

翻訳　サドルバック山の一夜

——『コンコード川とメリマック川の一週間』より——

一 山麓にて

晴れておだやかな夏の折り、私は何日間かかけ一人で歩いて丘陵地を越え、この山麓へやってきた。道ばたの木イチゴをつみ、時おり農家に立ち寄って一塊のパンを買いながら。肩に背負ったナップザックには、二、三冊の旅のガイドブックと着替えが入っており、手には登山杖を握っていた。こちらに着いた朝、ゆく手がフーサック山という山を横切っていたが、そこから見おろすと、私の足もとから三マイル離れた谷間にノース・アダムズ(1)の村が見えた。大地がときには実にでこぼこしているので、それが当然となってしまい、もし人の足に好都合なほど平坦なところがあれば、それは全く偶然なのだと思えてくるような眺めであった。この村で少しばかりの米と砂糖とブリキのコップを買い、ナップザックに入れて、午後には目的地のサドルバック山に登りはじめた。山頂は海抜三六〇〇フィート［約一一〇〇メートル］で、道のりでは七ないし八マイル［約十一〜十三キロメートル］であった。

ゆく手はベロウズ［鍛冶屋の使うふいご］という名の長く幅広い谷間を登っていた。というのも、あらしの折りには、実際ふいごを使うみたいに、風がすごい勢いでそこから吹き上げたり、吹き下ろしたりするからだ。道は斜面をなして、主峰とそれより低い脇山との間をまさに雲のところまで上がっている。いろんな高さのところに二、三の放牧場が点在し、いずれの場所からも、北へ向けてすばらしい山並みの姿が見晴らせるのだった。一すじの流れが谷の真ん中を下っており、その水源の近くには水車小屋があった。まるで巡礼者が天国の門に登ってゆくための道のようだ。

さて、まず干し草用の畑をよぎり、ついで小川をちっぽけな橋で越えてゆく。その間ずっと、私は何か畏怖のような気持ちを抱きながらじわじわと登っていった。それに、結局自分は、どんなたぐいの住民たちや自然の姿に接することになるのだろうかと限りない期待にも満ちていたのだった。

今や地面が平らでないことがむしろ多少の便宜とも思われた。というのも、農家の宅地としては、この谷間が与えてくれる位置が最も気高い位置であり、これ以上のものがあり得るとは想像できないからだった。そこが谷の水源に近いか遠いかはまた別問題だが、谷間にふさわしく人里離れてひっそりした位置にあり、そこからは、あの主峰と脇山の壁の間の大いなる高みからあたり一面をはるかに見晴らせるのだった。

二　スタテン島の思い出

この眺めを見ていると、ついニュージャージー州の海岸の沖合いにあるスタテン島(2)のユグノー教徒(3)の屋敷のことが思い浮かぶのだった。この島の内部にある丘陵地は比較的低いものだったが、それでも、つつましい規模ながら同じ具合に傾斜した渓谷によっていろんな方向に貫かれており、中心部へ向かってしだいにせばまり、高まっていた。まさにその丘陵の天辺に、この島の最初の定住者であるユグノー教徒たちが家を構えていた。その家は、ひなびた人目につかない場所にあり、その土地内にぴったりおさまり、木々の繁った奥所に位置していた。

そこではそよ風がポプラやゴムの木とたわむれており、なぎの時もあらしの時も、変わらない安らかさでもって、その家の人らは遠くユグノーの樹を見はらすのだった。眼前から広がってゆく展望を通して、何マイルにもおよぶ森や塩沢のかなたに。その樹とは、海岸に生えているニレの老木で、かつてあの家の人らは、その根本のところに上陸したのだった。

その地点から、さらに遠く彼らが目を向けると、ニューヨークの幅広い外側の湾からサンディー・フック半島[4]やネヴァー・シンク[5]の高地を越え、何リーグ［一リーグはほぼ三マイル］もの距離のかなた、その水平線上にたぶんかすかな船影を見出すだろう。それは、彼らが後にしてきたあのヨーロッパへ向けてほぼ一日分の航海をした帆船の姿なのだ。

この島の内陸部でひなびた景色の真ん中を歩いていると、そこらではニューハンプシャー州[6]の丘陵地にいるのと同様で、大洋を連想させるものはほとんどない。だが私は、突然、風景の裂け目を通して、オランダ系の移住者たちが「峡谷の道」と呼んだ山間越しに、それもトウモロコシ畑のかなた、海上二、三〇マイルの沖合いに満帆の船一艘を目にしたのだった。そのとき私は距離を正確に測る手段を持っていなかったのだが、それでその船の姿は、まるで幻灯に映し出された映像の船が、おもむろに前か後に動いてゆくのと同様の感を受けたのだった。

三　山住みの人々

しかしながら山の話に戻るとしよう。このサドルバック山の渓谷の最高地点に住居を構えている人であるならば、さぞかし変わり者で、天国志向の人であろうと思われた。雷がずっと私の足下でゴロゴロ鳴っていた。けれども、にわか雨は、それとは別の方向に去っていった。でも、もしそうでなかったら、私が雨より高い位置に至ったとは信じ難かっただろう。

ついに最後の家から一軒手前のところにたどり着いた。その地点で頂上への道は右にそれていた。頂上自体は真正面にそびえているのだが。それでも私は、この渓谷をずっと水源のところまで登りつめ、それから山の斜面を直登するルートを自分で探すことにした。さらに登山がすんだなら、次の日あの最後の家より一軒手前の家に戻ってこようかと思案したのだった。なにしろきちんと手入れのゆきとどいた家で、しかもあんな高みに位置しているからである。

その家の奥さんは率直で気さくな若い人で、着流し姿のまま私の前に立ち、話をしながら無頓着にせっせと長い黒髪をすいていた。それも一回櫛を使うごとにばらりと髪が垂れるので、必要上また頭をぐいと上げて元に戻すのだった。

その目は生き生きと輝き、私が後にしてきた下界のことに興味津々で、知り合ってからもう何年にもなるごとく気安く、ずっとしゃべり続けるのだった。私のいとこを連想させる人だった。

最初この奥さんは私をウイリアムズタウン[7]の大学生と勘違いした。というのも、その学生たちは、天気が良ければほとんど毎日、仲間を組み、馬か徒歩でこちらへやってくるそうで、しかもかなり荒っぽい連中ということだった。とはいえ彼らは、今私のとっている直登のルートでやってくることは決してないのだそうだ。私が最後の家を通りかかると、男の人が声をかけ、売っている品物は何かとたずねた。背なのナップザックを見て、私が行商人であり、わざと風変わりなルートをえらび、この渓谷の尾根を越え、サウス・アダムズの村へ行こうとしていると思いこんだからだ。

この人の話では、私がとらなかったあの普通の登山道をゆくと頂上までまだ四、五マイルあるそうだ。でも、直登するならばこの地点から二マイルにすぎない、とはいえ誰もこれまでにそんな道をとったことはない。そもそも道なんてない、それでもあえて進んでゆくならば、山の斜面はきっと人家の屋根と同じくらい急勾配となるだろうという。けれども私はこの人よりも森林や山々のことに通じていた。それでこの人の牛の放牧場を通過していったのだが、彼の方は太陽を見やり、私の背後から、今晩中には頂上までゆき着けないよ、と叫んだのだった。

四　たそがれ時の登攀

ほどなく渓谷の水源のところに至った。けれども、この地点からは山頂が見えなかったので、この山と相対しているもう一方の低い脇山に登り、方位磁石でもって山頂の方向を把握した。まもなく森の中にわけ入り、山の急斜面をジグザグな方向に登りはじめた。十二ロッド〔六〇メートル〕ごとに、えらんだ一本の樹木を目印にして方向を取りながら。この直登は決して困難でもきつくもなく、普通の登山道をたどった場合よりもかかる時間ははるかに少なかった。

　私の観察によれば、田舎の人々でさえも、森の中の旅、特に山中での歩みの困難さを誇張してしまう。田舎の人らはこうした旅のことについては普通の常識を欠いでいるようにみえる。これまでに私はこの山より高い山を数座、ガイドもなく道もない状態で登ったことがある。そして想像どおり、そうした登山も、通常は最もなめらかなハイウエイを旅するよりも、やや時間と忍耐が必要なだけのこととわかったのだった。

　この世の中で最もかよわい人でも乗り越えられないような難局はめったにないのだ。たしかに我々が垂直な絶壁に出くわすことはあるだろう。けれども、だからといってそこから飛び降りたり、そこに頭を打ちつける必要はない。世間には、自宅の地下室の階段から飛び降りたり、煙突に頭をぶっつけて脳髄を飛び出させる人もいるかも知れない。その人が精神の障害者であるならば。でも私の経験によるかぎり、旅行者は一般に道中の困難さを誇張するものだ。たいていの災いと同様に、そのたちうちの困難さはその人の想像によるものだ。

　どうしてそんなに急ぐのか。もし道に迷った人がいて、こう結論したらどうだろうか。結局のところ自分は迷ってはいないし、我を忘れてもおらず、いつもの靴をはいてまさに自分が今いる場所に立っており、しばらくの間はそこで生きてゆけるだろう、それに迷っているのは私ではなく、私を知ってくれている道の方だろう、と。そうなれば、不安や危険もあらかた消えてしまうだろう。自分が自力で立っているならば、自分はよるべないとは言えないはずだ。いったいこの地球が宇宙空間のどこを回転しているのか神のみぞ知る。とはいえ我々は我々自身を迷いにゆだねはすまい。迷いはそれ自体ゆきたいところにゆかせよう。

こうして着実に直登しつつ、カルミア［アメリカシャクナゲ、ツツジ科の潅木］の繁った下生えの中をぬけて進んでいった。するとその木々はごつごつしたすごい形相を帯びはじめた。あたかも冬将軍の霜のしわざと戦うために武装しているように。そしてついに山頂に至った。ちょうど日没のときである。

五　山頂にて

山頂のうち数エイカーの広さの土地は切りはらわれており、岩や木々の切り株でおおわれていた。その真ん中に粗づくりの展望台ができており、それが森の方を見晴らしていた。太陽が沈む前に一度、ここから私はあたり一帯をよく展望したが、あまりのどが乾いているので、眺めを見ることでもうこれ以上日の光を浪費するわけにはいかなかった。それですぐに水探しに出発した。

まず、丈の低い雑木林の中を半マイルの間、よく踏みならされた道を下ってゆき、ついに馬の足跡に水がたまっている場所にゆき着いた。それは登山者たちを上に運んだ馬の足跡で、私はそこに腹ばいになり、この水たまりを次々と飲み干した。澄んだ冷たい泉のような水だったが、それでも私の水筒を満たすことはできなかった。草の茎を使って小さなサイフォン［水の吸い上げ装置］をこしらえ、手造りの小規模な水道を引いてみたのだが。それは、水集めにはあまりにものろいプロセスだった。

それから、私が登山してきた際に、頂上近くで湿った場所を通ったことを思い出し、そこをまた見つけに戻っていった。そしてそこに至り、たそがれの中でとがった石と両手を使って二フィートほどの深さの井戸を掘った。その井戸はまもなく澄んだ冷たい水で満ち、小鳥たちもやってきてそこから飲んだのだった。こうして私は水筒を満たし、展望台へと戻ってきて、乾いた木切れを何本か集め、平たい石の上で火を起こした。その石はまさにその目的のために床に置かれていたのだった。それですぐに米飯の夕食をこしらえた。それを食べるためのスプーンはすでに木をけずってこしらえておいた。

六　古新聞を読む

その夜、私はおそくまで起きていて、以前登山者の一行が昼の弁当を包むのに用いた新聞の切れ端をたき火の光で読んでいた。ニューヨークやボストンにおいて取引きされている相場、種々の広告、それに誰かが掲載にふさわしいと思いこみ、どんな批判的な状況で読まれるか予想もしなかったらしい変てこな論説。私はこうした記事をこの山頂で大いなる地の利のもとに読んだのだが、いろんな広告や新聞のいわゆる実業記事は、きわめつけの良さがあり、最高の実用性、自然さ、崇高さがあった。

他方、そこに述べられているほとんど全ての意見や感想は実に軽薄な発想であり、全く底の浅いはかないものなので、新聞紙までその部分の生地がか弱く、破れやすいように思えるのだった。広告や時相場の方は、もっと密接に自然に結びついており、ある程度は潮の干満や気象の図表と同様に尊重できた。

けれども、いわゆる読み物の方で私の思い出すのは、ほとんどが実に価値の低いものであって、科学に関する地味な記事、あるいは古典作品からのいくばくかの抜粋は別として、妙に気まぐれで、粗雑で、一方的な印象を与えるものだった。これではまるで学校の生徒の課題作文でしかなく、生徒たちが書いて、後で焼き捨ててしまうようなしろものだった。その論評たるや、明日は全く様変わりしてしまうようなたぐいで、ちょうど昨年の服のファッションみたいなものだった。言うなれば、人類が実際全く幼稚なみどり児であって、数年がたちその新緑の時代がすぎてしまうと、自ら恥じ入ってしまうというあんばいなのだ。おまけにその論評は、機知やユーモアを目指して変に偏りすぎているが、ほんのちょっぴりの成功でも収めている部分はわずかだった。それに見かけの成功は、その企てに対する恐るべき風刺となっていた。自己の語るジョークに対して最も声高に笑うのは、その人自身の中に巣くう悪魔だったのだ。

けれども、広告の方で今流のイカサマの類ではなくまじめなものは、すでに述べたように、心楽しい詩的な連想をよぶものであった。広告は実際自然と同様に興味深いものだからだ。商品の名前そのものが詩的で暗示に富むものだった。

あたかも心地よい詩行の中にさしはさまれているかのように――木材、木綿、砂糖、獣皮、グアノ［鳥の糞化石、肥料用］、ロッグウッド［マメ科の低木から採れる染料］。その他、何かきまじめで、個人的で、独創的な発想のものならば、ここで読んで読み甲斐があると思えただろうし、またこの場の状況とよく調和したはずだ。まるでそれが山頂で書かれたものであるかのように。というのも、こうした発想は決して流行遅れになることはないし、獣皮やロッグウッド染料やどんな類の自然素材の製品とも同じほど尊重できるからだ。

充実した生活の良き果実を含んでいるこうした新聞の断片は、それを読む人にとっての何という得がたい仲間になってくれることか。何という遺物、何という人生の処方箋。それは聖なる発明品のように思われた。それによって単に輝く貨幣ではなく、輝き流通する思想が育まれ、こうした場所に届けられることになるわけだ。

七　一夜の滞在

冷えてきたので、木切れを集めてかなり大きなまきの山をこしらえ、展望台の建物の壁面に接した板の上に横たわった。身体をおおう毛布はなく、頭をたき火の方に向けて。インディアン流ならば足をたき火に向けるはずだが、私の場合は火の世話をする都合があったのだ。でも、真夜中頃になってさらに冷えてきたので、ついに私は身体をすっぽりと板切れで囲いこみ、身体の上にも板を具合よく載せ、それを身体に押しつけるために大きな石を一個置き、こうして快適に眠ったのだった。

実をいうと、私はあるアイルランド系の子供たちの話を思い起こした。その子たちは、冬の夜、防寒のため家のドアを身体に載せておいたのだが、家にドアを持たない隣人たちはいったいどうするのだろうとたずねたそうである。ドアがあれば、たった一枚の毛布でもしっかり身体に押しつけてくれ、人をどれほどあったかく快適にしてくれるか、やってみたことのない人には見当もつかないだろう。

我々の置かれるこうした状況は、にわとりのひなたちのそれと大差ないことになる。というのも、ひなたちは母鳥からひき離され、家の中で炉端に置かれた綿布の箱の中でしきりにピヨピヨ鳴いているが、いずれ結局は死んでしまう。だが、もし一冊の本か、あるいは何でも重みのあるものを差し入れるならば、それが綿布を身体に押しつけてくれ、母鳥のいるような感じを与えてくれるので、ひなたちはすぐさま眠りこめる。

今夜の私の唯一の仲間はハツカネズミたちで、新聞の切れ端に残っているパンくずをひろいにきたのだった。どこでもそうだが、ここでも彼らはやはり人間に頼る寄宿者で、生活のためにこの高い位置にある場所をなかなかぬけ目なく利用しているのだった。ネズミたちは自分ら用の食い物をかじり、私の方も自分用をかじったのだった。夜の間に一、二度見上げると、窓越しに白い雲がただよい、建物の二階をすっぽり包んでいるのが見えた。

この展望台はかなりの大きさの建物で、ウイリアムズタウン大学の学生たちが築いたもので、昼間ははるか下の谷間から見ると日光の中で輝いていることだろう。もしも全ての大学がこのように山の麓に位置しているならば、それは少なからぬ利益となるだろう。それは、教授陣の十分にそろった一流大学にひけをとることはまずないだろう。我々が山の木陰で教育を受けるとしたら、それはもっと古典的な象牙の塔での教育に劣りはしないはずだ。きっと卒業生の中には、自分たちが大学に行っただけでなく、山にも行ったということを思い出す者たちが出てくるだろう。いわば山頂を訪れるたびごとに、下界で得られた特殊な情報が一般化され、それがもっと普遍的な試練にさらされ、純化されることになるだろう(8)。

八　曙光

私は早起きし、日の出を見るために展望台の天辺に身を置いたが、遠くのものを識別できるようになるまではしばらくかかり、その間その場所に彫り込まれた人々の名前に目をやっていた。追いはらえども「どうしようもなくまつわるハエ」が、私のひじの辺でぶんぶんうなっていた。ボストンのロング・ウォーフ波止場の端に置かれた糖蜜樽に止まっている奴と同類で、無頓着なあつかましさを見せつけるのだった。こんな山頂にいてさえも、彼の無味乾燥な鼻歌を聞かざるを得ないのだ。

とはいえ、今や私のこの閑話(9)も、これからが核心部分となってゆく。曙光が増すと、私のまわりに霧の大海が見えてきた。この霧はたまたまちょうど展望台の基盤のところにまで達しており、大地のほんのわずかな部分をも閉め出していた。一方私は、この霧の大地の中で、世界の断片のそのまた断片の上、人名の刻まれたあの板の上に浮かんでとり残されていた。これは、ひょっとしたら、私の未来の生活のための新たな「堅固な大地」（テッラ・フィルマ）なのかもしれない。

　われわれがマサチューセッツやヴァーモント、あるいはニューヨーク［いずれも州名］などと名付けている取るに足らない場所が、ここから透けて見えるような、そんなすき間は残されてはいなかった。私の方はいぜんとして七月の澄んだ朝の大気を吸いこんでいたのだが――いや、山の上でも七月だといえるならばだが。

　私の位置より下の方は、一面に目のとどくかぎり、あらゆる方向で百マイルにわたり起伏した雲霧の国が広がっていた。その表面はさまざまに隆起していて、霧がおおっている地上の世界と対応しているのだった。それは我々が夢の中で見るような国で、天国のあらゆる歓喜の要素をそなえていた。霧の蒸気の山並みの間には、途方もなく広く、見たところなめらかに刈りこまれ、くっきりとした雪のように白い牧場があり、陰になった谷間があった。さらに、はるか地平線上には、豪華な、霧のかかった樹木の群が平原の方に突き出ているのが見え、水路の曲がり目を、その水際に立っている霧の樹木によってたどることができた。これまでに想像されたこともない新たなアマゾン川かオリノコ川[10]だ。何かを表示するための象徴も存在していないので、不純なものの実体もなく、よごれもしみもない。この情景を目にしたことはすばらしい恵みであり、その後いく久しく時を経ても、それを形容しようとして言い表せず、ただ沈黙あるのみというほどの喜びであった。

　下の大地は光と影とからなり、ちらつき、ひらひらと飛んでゆくようなはかない存在となっているので、つぎにはそれが雲そのものと化してしまいそうだった。大地は単に私から包み隠されているだけでなく、まるで影という名の妖怪のように消え去ってゆき、その代わりにこの新たな天の足場が得られたのだった。私が嵐や雲を越える位置まで登ってきていたので、さらに何日か旅を続けるならば、大地の先細りとなってゆく影を越え、一日が即永遠であるという地域へゆき着けるかも知れない。しかり、

天自体がすべり出し、転がりながら
過ぎ去ってゆくだろう、
油のような糸をひいて
するするとすべり落ちてゆく
流星さながらに。(11)

けれども、この純粋な世界にやはり清らかな太陽が昇りはじめると、私は暁の女神オーロラの目もくらむような光の大広間の住人となっていた。この光のありかを、詩人たちは東方の山並み越しにほんのわずか一べつするにすぎないのだが。私の方はサフラン色の雲の中をさまよい、太陽神(12)の御する戦車のまさに通り道にいたのだった。そして暁の女神のバラ色の指とたわむれ、露のしずくをふりかけられ、女神のやさしいほほえみに浴し、太陽神の遠くまで射ぬくまなざしのすぐ近くに位置してい

たのだった。

大地の住民たちは、通常、天の舗道の暗いかげった下側を眺めているにすぎない。朝であれ、夕べであれ、地平線上のふさわしい角度で見た場合にのみ、雲のあの豪華な裏地のかすかな縞模様が見てとれるのだ。とはいえ、私の詩神は、私をとり囲んでいるこの豪華な壁掛けの印象をうまく伝えることはできないだろう。この壁掛けのような光は、人々が、はるか遠く、自宅の東向きの部屋の中にかすかに反射しているのを見かけるものであるが。さて、平地におけるのと同じように、この山頂でも私は見た。恵み深い太陽神が、

君主のまなざしで山々の頂きを輝かせ、
天の錬金術で青白い水の流れを金色に染めるのを。(13)

九　下山

しかしここでは「天の太陽」が自らを曇らせることは決してなかった。それなのに、ああ、思うに何か私自身のいたらなさのせいで、私自身の太陽は自らを曇らせるのだった。そして、ときにその天なる顔に、いともあさましい雲の見苦しい切れ端が

降りかかるのをはらいのけもしないのだった(14)。

というのも、太陽神が天頂に達してしまう前に、天の舗道が空中にかかって、私のゆらめき乱れる真心のみを受けとめてくれ、私の残り身の方は、再びあの「見捨てられた世界」へと沈みこんでいったからだった。天の太陽がその面差しを閉ざしてしまったあの下界へと。

ちりを伝ってはう虫けらどもが、なんと数多くいて、
こんな高みに築かれた紺碧の山並みによじ登り、
そこからおんみの麗しく正しいみ心を奪いとってゆくことか。
日輪の照る宮殿に秘匿され、天使の目をもくらませる
燦然とした光に包まれているおんみのまことの念を。

　いかにあまたのかよわき人間どもが、
そのつたない話ぶりや地をはうような書き方を改めて、
精いっぱいみがき上げたいとこい願っていることか。

おお、おんみの今は葬られている幽囚の心を、現し身の遺骸より

よみがえらせよ。[15]

前夜私は、新たな、それでいてもっと高い山並みであるキャッツキル山脈[16]の頂きを目にし、これによってまたもや天への登攀を期待できそうだと思った。そうして私の方位磁石を南西のある美しい湖の方に向けたのだった。その湖は私のゆく手にあり、今やそれを目指して進んでいった。昨日登ったサドルバック山の反対側を、自分勝手な道をたどって下りながら。そしてほどなく、雲としのつく雨の地域へとたどり着いた。そこの住民たちによれば、確かにこの日はすっかり雲におおわれ、雨のしとしと降る一日だったということだ。

（完）

註

（1）マサチューセッツ州の北西部、州境に近い位置にある村。サドルバック山の北側の山麓にあたる。

（2）ニューヨーク湾の中にある島。所属はニューヨーク市で、リッチモンド地区である。面積は一六七平方キロメートル。人口十七万四千人。一八四三年にソローは先輩の文人・思想家エマソンの弟の子供の家庭教師として、この島に七ヶ月間滞在した。

（3）十六、十七世紀におけるフランスの新教徒を指すが、ここでは合衆国に渡ってきたその子孫たちのこと。

（4）　ニュージャージー州の東側の半島で、ニューヨーク湾の南方に突き出している。

（5）　サンディー・フック半島の南にハイランズ（Highlands）という地名のところがあり、近くにネイヴシンク（Navesink）という町がある。ネヴァーシンクとも呼ばれる。

（6）　合衆国北東部の州で、北側はカナダとの国境をなしている。メイン州の西側に位置し、山地となっている。

（7）　マサチューセッツ州北西部の町で、ノースアダムズの村に近い。本文中にあるようにウイリアムズ・カレッジの所在地。

（8）　下界で得られた世俗的で利己的な情報も、高山の澄んだ霊気にさらされるならば、直接の利害などを越え、人類全般のためのより高い普遍性を帯びるということであろう。欧米各地の修道院がよく山岳の上に位置していることも、このような発想に関連していると思われる。

（9）　この登山記は、ソローの長編エッセイ『コンコード川とメリマック川の一週間』に加えられた挿話であるために、彼自ら「閑話」（脱線的な話）と呼んだのであろう。

（10）　南米の国ヴェネズエラを西から東へ流れ、大西洋にそそぐ川。ソローは、眼下に見えるはずの川に霧がかかっていて、実際よりも雄大に感じられるので、世界的な大河を連想したのであろう。

（11）　Giles Fletcher（ジャイルズ・フレッチャー、英国詩人、一五八五―一六二三）“Christ's Victory in Heaven”，第三八連。

(12) 曙光はやはり太陽光ではあるが、古代ギリシャ・ローマにおいては、区別して扱い、それぞれ擬人化し、別の神々として表現している。ソローはそれにならっているのである。
(13) ウイリアム・シェイクスピア(一五六四―一六一六)の『ソネット』第三十三番における二行目と四行目。
(14) 同作品の五行目と六行目。
(15) ジャイルズ・フレッチャー "Christ's Victory and Triumph", 第一巻、第五章、第四三連。
(16) ニューヨーク州東部の低い山並み。最高峰はスライド山で、標高は一二八二メートル。したがってソローの登ったサドルバック山(一二〇〇メートル)より少し高いことになる。

翻訳　夜と月光

一　月の解読

何年か前、たまたま月光の下で散策をし、それが心に残っていたので、もっとそのような散策を重ね、自然の持つもう一つの面にくわしくなろうという気持ちになった。で、実際にそうしたのである。プリニウス(1)によれば、アラビアにはセレナイト［透明石膏］という石があり、「その中に白色の部分があって、月の満ち欠けとともに拡大したり縮小したりする」という。私の日誌もこの一、二年間、その意味ではセレナイトだった(2)。

我々の大半の者にとって、真夜中とは中央アフリカのようなものではなかろうか。我々は真夜中を探検してみたい気持ちにかられないだろうか――真夜中のチャッド湖(3)の湖岸にまで分け入り、おそらくそのナイル川の水源であるはずの月の山脈(4)を発見したいと思わないだろうか。そこに、人の心をつちかってくれる、自然のままの、どのような豊かさや美しさがあることか、それは神のみぞ知る。

夜の中央アフリカにおける月の山脈の中に、ナイル川の全ての水流がその源泉を隠し持っている場所がある。これまでのところナイル川をさかのぼる探検は、大滝のところ、つまり白ナイルの河口とおぼしき地点まではおよんでいる。けれども我々に関わるものは黒ナイル(5)である。

もし私が夜の領域から何かをかちとったならば、もし私が、定期刊行物の出るおりふしに、人々の注意を引くにふさわしいことを、我々人間について何か啓発してくれる内容のことを報告したならば、もし人々が眠っている間に、何か美しいものが目覚めて存在していることを示しうるならば、すなわち、もし私が詩歌の領域に何かを加えうるとするならば、私は人々の恩人となれるだろう。

夜はたしかに昼間よりは目新しく、俗化していない。やがて私は、自分が夜の外観だけしかわきまえておらず、月に関しても、いわば時たま、よろい戸のすき間越しにながめたにすぎないということに気づいた。だから、月光の中をいささか散歩していけないわけがあろうか。

月は一ヶ月の間何かを示唆し、通常それは無駄になるのだが、もし人がそれに留意するならば、その内容は文学か宗教に関するものとさほどかけ離れてはいないのではなかろうか。でもこの月が表すサンスクリット語(6)を学んでいけないことがあろうか。もし一ヶ月の月が、その表す詩歌の世界と共に、その不可思議な教え、神託のような示唆と共に満ち欠けをするとしたらどうだろう――私のために指針となるものを積みこんだ、かくも聖なる存在がいる。なのに、その月を私が活用しなかったとしたらどうか。気づかぬままにその一月間の月がすぎてしまったのだろうか。

コールリッジ(7)を批判し、自分としては全般的な見地に立つ発想をよしとしており、はるかに天を仰がねばならないような考えは受け入れられない、と言ったのはチャーマーズ博士(8)だったと思う。それならば、全般を支持する人は決して月を眺めることはしないだろう。月は決してそのもう一面を我々に向けることはないからだ。

ある発想があっても、それが地球から遠く離れた軌道を持ち、行き暮れた旅人にとって月や星明かり以上に頼もしくゆくえを照らしてはくれないならば、当然それは頼りない発想として非難され、月明かりというあだ名をもらうことになるだろう。でも、月明かりのような発想とはそんなに頼りないものだろうか。それならば、ゆくえを照らしてくれる月のない晩に旅をしてみたまえ。私だったら、最小の光量の星からとどく明りにでも感謝したい。星々は我々にとっての見かけによりその大小を定められるにすぎない。私は、天上的な発想が持つ片面、虹や夕焼け空の持つ片面だけを自分が主としてながめていることに感謝したい。

人々は月明かりについて言いたいことを言う。まるでその本質を知りぬいており、さげすんでいるかのように。フクロウが日光のことをしゃべるみたいに――でもフクロウの知ったことか。とはいえ、この月明かりという言葉は、一般に人々が理解していない内容のことを――それに対して人々が寝込み、眠りこんでいることがらを指すにすぎない。人々がしばしでも起き上がり、それに目覚めてくれるならば、どんなに大きな価値を示しうるか計り知れないのだが。

月の光は、もの思いにふける散歩者にとっては十分であり、我々が持つ心の中の光とつり合わぬこともないが、太陽光とくらべればその量も強度もおとる。でも月は、我々に送ってくれる光の量だけでなく、地球とその住人たちにおよぼす影響によっても判断されるべきだ。「月は地球の引力によってひき寄せられ、そのお返しとして地球も月の引力によってひき寄せられる。」

月光の下で散歩する詩人は、自分の想いの中に潮の満ち引きがあることを意識するが、それは月の影響に帰すべきものだ。私の想いの中にある潮汐を、昼間のおよぼす一時的な気まぐれと区別するように私は努力したい。私の話を聴いてくれる人々に対し、その発想を昼間の基準によって計るのではなく、私が夜の尺度から話しているのだということを理解してもらえるようにつとめたい。全てはその人の持つ観点にかかっているのだから。

ドレイク[9]の『紀行選集』によれば、ウエイファー[10]は、ダリエン［カリブ海沿いのパナマとコロンビアの間の地域］のインディアンたちの中にいる白子の人らについて述べている。「彼らは全く白いが、その白さは白馬のような白さで、白人や色の薄いヨーロッパ人たちの白さとは全く異なっている。彼らは赤味や血色のある顔色は全然持っていないのだから——彼らのまゆ毛はミルク色で、頭髪も同様であり、きわめてきめが細かい——。彼らは昼間めったに外出しない。太陽が彼らには不快であり、彼らの目は弱くて疲れやすいので、特に陽光が彼らに向けてさす場合には目に涙が出てくる。このため彼らは月眼をしているといわれる。

こうした月光の下での散策のおりに、我々の抱く想いの中には、赤味とか血色をおびた顔色の要素は皆無に近く、我々は知的、精神的に白子であり、エンディミオン［ギリシャ神話において月の女神に愛され、永久に眠ったままにされた羊飼いの美少年］の子供たちとなっている。こうしたことが月と対話したことのむくいなのである。

二　月下の散歩

［以下の文章の内容は、「月下の自然」の文中のものと部分的に重複している。けれども、その表現は微妙に異なっており、また配列の順も変わっていて、少し別な印象を与えてくれると思われるので再

掲する。ただし「月下の自然」ではどの部分に相当するか、註で示すことにする。」

北極の航海者たちが、その情景の持つ恒常的な独特のわびしさと北極の夜の永続的な薄明について十分なイメージを与えてくれないことに私は不満を感じる。それと同様に、月光をテーマとする人は、困難な仕事と思うかもしれないが、あたかも月の光だけでそれを手に取るようにわからせてくれなくてはならない。［「十　ほの暗い描写」の第六節　三十九頁参照］

昼間歩く人は多いが、夜歩く人は少ない。昼と夜では季節がまるで異なる。たとえば七月の夜の場合。十時頃——人が眠っており、昼間が忘れ去られているときに、そのときにこそ、月光が美しくそそがれる。ひと気のない牧草地の上に。ひっそりと牛たちが、草を食んでいるところに。

四方八方に新奇さが現れ出る。太陽の代わりに月と星が出ている。モリムシクイ［ツグミの一種］の代わりにヨタカがいる。採草地にはチョウの代わりにホタルが飛ぶ。羽のついた火の粉。こんな存在を信じうる人がいただろうか。火の粉を伴いつつ露を置くこの住まいの中に、どんなたぐいの涼しい慎重な生命が宿っているのだろう。このように人間も、その眼に、血液中に、脳髄に火を持っている。

うたう鳥たちの代わりに、頭上を飛ぶカッコーの半ばおし殺した鳴き声がし、カエルのコロコロ鳴く声とコオロギの熾烈な夢がある。しかし、とりわけすばらしいウシガエルのラッパが、北はメイン州から南はジョージア州まで鳴りひびいている。

ジャガイモのつるは直立し、トウモロコシはすみやかに育ち、木立が朦朧と現れ、穀物畑がはてしなく続く。かつてはインディアンによってたがやされたこの広い河岸段丘で、穀物たちが軍隊のように土地を占領しており、彼らの穂がそよ風の中でうなづいている。その土地のまん中で、小さな木々が、潅木たちが、洪水にあったみたいに圧倒されてみえる。［「二　七月の夜景」の第一節　十五頁、及び「七　夜のライ麦畑」の第二節　二十七頁参照］

岩々や木々、茂みや丘の影が、そのもの自体よりもくっきりとみえる。地面のごくわずかな凹凸もその影によって明確にされ、足がかなりなめらかだと感じた場所が、結果的に、目にはごつごつしたさまざまな形に映るのである。同じ理由のために、風景全体が昼間のときよりも多様で絵画的になっている。岩の中の小さいくぼみがほの暗く、深い穴と化す。モリの中のシダは熱帯産のものほどに大きくみえる。

おい茂る草におおわれた森の小道では、スイート・ファーン［コケモモ科の低木で葉はシダ状］やインドアイが、通る人の半身まで露でぬらしてしまう。潅木カシの葉が、その上を液体が流れているかのごとくかがやいている。木々越しに見える水たまりは空と同じほど光に満ちている。古代インドの聖詩書プラーナが大洋について述べているように、「昼間の光はその水たまりの水面に避難しているのだ。［「二　七月の夜景」第一節　十五頁参照］

白い色のものは全て昼間よりもくっきりとしている。遠くの崖が、山腹の燐光を発している空き地のようにみえる。森は重々しく暗い。大自然が眠りこんでいる。月光が森林の奥地の特定の切り株から反射しているのがわかる。まるで月が何を照らすべきか選択するみたいだ。こうした月光の小さな破片は、人に「月の種」［「コウモリカズラ」という植物のことを想起させる――月がそんな場所にそれを植えているかのように。〔「十三　太陽の弟子」第一節　四十七頁参照〕

夜にはものの目が半ば閉じられているか、頭の中にひっこんでいるのだ。視覚でない感覚が主導権をにぎる。散歩者は嗅覚によっても導かれる。今やあらゆる植物と野原と森が香りを発する。採草地では沼地ナデシコが、道ばたではヨモギギクが。それに穂を出しはじめたトウモロコシの独特の乾いた香りがする。聴覚も嗅覚もともに夜の方がよく効く。以前は気づきもしなかった細い流れの鈴のような音が聞こえる。〔「二　七月の夜景」第二節　十六頁参照〕

時として、小山の山腹の高い地点で、暖かい空気の層の中を通ることがある。それは、正午のむし暑い平原から上がってきた一陣の風だ。その風は、昼間のこと、日のよくあたる真昼の時間と土手のこと、ひたいをぬぐっている労働者と花々の中でぶんぶんうなっているハチのことを語ってくれた。この大気の流れの中で労働がなされたのであり、働き手たちはまさにこれを吸ったのだ。この大気は、森の際から山腹へとめぐってゆく。日が沈んでしまったので、自分の主人を見失った犬のように。岩々は吸収した太陽の熱を一晩中とどめている。砂もそうだ。もし砂土を数インチ掘るならば、暖かい層が見つかる。［「六　夕風とヨタカ」第二節　二十六頁　及び「七　夜のライ麦畑」第六節　二十九頁参照］

真夜中に、樹木のない丘の頂きの牧草地で、岩の上にあおむけになり、星をちりばめた天蓋の高さについて思いをめぐらしてみたまえ。星々は夜の宝石であり、おそらく昼間が見せてくれるどんな持ち物よりもみごとなものだ。［「二　七月の夜景」第一節　十六頁参照］

風がひどいが、月の明るいある晩のこと、星は数少なく、その光もかすかだった。そのおり、私と船旅をともにした人物が、くらしはかなりひっ迫していたのだが、それでも星々があればなんとかくらしてゆける、星々はいわば欠けることの決してないパンやチーズのごときものだと考えていた。［「八　星々の輝き」第三節　三十一頁参照］

かつて占星術師の中には、自分が特定の星々と関係があると思いこむ者がいたのだが、それも不思議ではない。デュバルタス(11)はシルヴェスター(12)によって翻訳されたのだが、それにいわく、

「あの偉大なる建築家が、天の円蓋を、単に人見せのためにこのありとあらゆる火で飾り、野原でながめている名もない羊飼いたちの心を開くためにあのようなきらびやかな盾で装ったとは

信じられない。」

またいわく、

「我々のところの庭園の縁やありふれた土手を飾っているあのちんまりとした花や、母なる大地がぬくぬくとした膝の中に大事そうに包んでやっているあのちっぽけな小石が、それなりに独特の美徳を持つのであれば、天のあの燦然と輝くあの星々が何の美徳も持たぬとは信じられない。」

また、サー・ウォルター・ローリー(13)がふさわしい言葉を述べている。「星々は、おぼつかない光を放つだけでなく、もっとはるかに有用な道具であり、人々にとっては、日没後じっくりとながめるべきものである。」さらにローリーは、次の言葉をプロティヌス(14)が断言したものとして引用している。「星々は意義深いが、実用的ではない。」また、以下の言をアウグスティヌス(15)のものとしている。「デウス、レギット、インフェリオーラ、コルポラ、ペル、スペリオーラ」(「神は上にある者たちによって下にいる者たちを治める。」)

けれども、最高の表現はまた別な文人(16)が述べているものである。「サピエンス、アドジュヴァビット、オーブス、アストロールム、クェマドモーヅム、アグリコラ、テッラエ、ナツーラム」(「賢人は星々

の作用を援助する。ちょうど農夫が土の活性を支援するように。」）［「四　夜の美徳」第二〜四節　十九〜二十頁参照］

月が明るく輝くか、それとも曇らされるかは、寝床で眠っている人々にとっては関係ないが、旅人には非常に大事なことだ。月がなんの妨げもなく輝きはじめるとき、大地全体のいだく晴れやかな喜びを理解することは容易ではない。その人が月明の夜に一人でたびたび外出したことがないならば。［「十五　月と雲の戦い」第六節　五十七頁参照］

月は人のために絶えず雲と戦いを行なっているかにみえる。けれどもまた、我々の方が雲を月の敵だと想像しているわけだ。月は自分の光によって、雲たちの巨大さや黒さを明示し、それによって自らの危険を拡大しながら進んでゆく。それから突然、雲たちを背後に隠していた光の中に投げこみ、その後、澄んだ空の小さなすき間の中を勝ち誇って通過してゆく。［「十二　月のランプ」第三節　四十四頁参照］

要するに月は、ゆく手に横たわっている小さな雲たちをよぎってゆく。あるいはよぎってゆくかにみえるのだが、今や雲たちによっておぼろにされる。でもまた容易に雲たちを散らばらせ、その中から輝き出す。こうして月は、ながめている人々や夜の旅人たち全てに対して月光の夜のドラマを創りだすのだ。船乗りたちは、そのことについて、月が雲の群れを食い尽くしてしまうのだという。

旅人は一人ぼっちで、月もその旅人が月に寄せる親しみの情以外は孤独なのだが、森と湖水と丘の上で雲の軍勢を打ち負かし、絶え間なく勝利をあげている。月が曇らされると、旅人は月にたいそう同情を寄せるので、月の救済のために犬をむち打つこともできるほどだ。インディアンたちがそうするように。月が天空の広い規模にわたる澄んだ原へと入ってゆき、何の妨げもなく輝くとき、旅人は喜ぶ。そして月が敵のあらゆる軍勢と戦いながら進み、無傷のままで澄んだ空におごそかに昇ってゆき、その通り道にもはや何の障害物もなくなると、旅人は喜び勇んで自分の道をたどり、心楽しい気持ちになる。それにコオロギもまた歌で喜びを表すようになる。［「十五　月と雲の戦い」第三節　五十六頁、第五節　五十七頁、第八節　五十八頁参照］

昼間はいかに維持し難いことだろう、もし露と暗黒をおびた夜が、あのうなだれている世界を元気づけに来てくれないならば。いろんな影が我々のまわりに集まりはじめるときに、我々の原初の本能が目ざまされる。知性が自然なえじきとするあのひそやかな黙想を求めて。［「四　夜の美徳」第六節　二十一頁参照］

リクター(17)いわく、「大地は、小鳥の籠が暗くされるのと同じ理由で毎日夜のヴェールに包まれる。すなわち、我々が暗やみの静けさ、ひそやかさの中で、思索のより高い調和をその分容易に理解できるようにと。思索の所産は昼間によって雲散霧消させられてしまうが、夜になると、それらが光や炎となって我々のまわりにたち現れる。ちょうどヴェスヴィアス火山[17]の噴火口の上でゆれている煙の柱が、昼間は雲の柱とみえるが、夜には火柱となるように。［「十二　月のランプ」第六節　四十六頁参照］

こんなに晴れやかで、しかも壮麗な美に恵まれたこの風土では、夜が人の精神を大いにいやし、育んでくれることがあるので、感受性に富む人の心が、この夜のことを忘却にひき渡してしまうはずはなく、また、夜を戸外ですごしたためにより良く、ますます聡明にならない人もたぶんいないと思われる。たとえその人が、その償いに次の日一日中眠らざるをえないとしても——古代の人々が言い表したように、エンディミオンの眠りを必要とするとしても。

それは、ギリシャ語の語源の言葉で、「アムブロージアル」［神の食物のようにかぐわしい］という形容を立証してくれる夜であり、あたかも「ベウラー」［イスラエルでいう安息の地］におけるがごとく、大気は露をおびた芳香と楽の音に満ちているので、我々は憩い、目ざめたままで夢を見るのである。月が太陽の補佐役ではなく、

「太陽の輝きを我々にもう一度与えるが、その炎はなく、よりおだやかな日差しをそそいでくれるときに。今や通過する雲を通して月はひざまづくかにみえるが、次の瞬間、澄んだ濃紺の騎馬道をおごそかに昇ってゆく。」［「二　七月の夜景」第二節　十六頁、及び「三　月の女神」第一節　十七頁参照］

月の女神はやはりニューイングランドの空でも狩をしているのだ。〔「三　月の女神」第一節　十七頁参照〕

「天空のいろんな天体の中で、月こそが女王だ。月は女主人公にふさわしく、全てのものを純粋にする。

月は折々の変化をしつつ、しかも永遠性を保っている。

月こそ美しき人。彼女のそばでは美女たちも肩身が狭い。」〔「三　月の女神」第二節　十七頁参照〕

「時の流れも月を衰えさせはしない。月は時の戦車を進ませる。生命に限りのある者たちは、月の円軌道のもとに置かれる。月のそばでは、星々の持つ美徳が滑落する。月によってこそ美徳の完全なイメージが与えられる。」〔「三　月の女神」第三節　十七頁参照〕

ヒンズー教徒は、月を肉体としての存在の最後の段階に達した聖人に見立てている。〔「三　月の女神」第一節　十七頁参照〕

偉大なる古代の復活者、偉大なる魔術師。仲秋の時と狩猟月の満月が曇りなく輝くおだやかな夜に、我々の村の家々は、昼間どんな大工が来てそれを建てたにせよ、実は名工が建てたのだという顔をする。村の通りはそのとき森と同じくらい野生的になる。新旧のものがまじり合ってしまう。自分が城壁の廃墟の上にすわっているのか、それとも新しいものを造るための材料の上にいるのかわからなくなる。〔「三　月の女神」第四節　十八頁参照〕

自然は博識でえこひいきのない教師であり、露骨な意見を述べたり、誰かにこびへつらったりはしない。自然は急進派でも保守派でもないだろう。あのようにひかえめで、それでいてあのように激しい月光のことを思ってもみたまえ。〔「三　月の女神」第六節　十八頁参照〕

月の光は昼間の光よりも我々の認識に釣り合っている。普通の晩は、我々の心中にいつもある暗い雰囲気にくらべれば、その暗さがまさるわけでもなく、月光は、我々が知的光明を特におびた瞬間と同じほど輝かしい。〔「月下の自然」にはない部分〕

このような夜は私を戸外にとどまらせてほしい。夜明けが来て、全てがまた混乱状態に戻るまで。〔「三　月の女神」第五節　十八〜十九頁参照〕

朝の光に何の意味があろうか。もしそれが心の内なる夜明けの反映でないならば――夜のヴェールは何のためにひっこめられるのだろうか、もし朝が人の心に何の啓発もほどこさないならば。それなら朝の光は、ただけばけばしく、まばゆいだけだ。〔「月下の自然」にはない部分〕

オシアンは太陽に向けての挨拶の辞でこう呼びかけている——

「暗黒はいずこに住まいを持っているのか。
星々の入る洞窟の家はどこにあるのか。
おんみが大空で狩人さながらに星々を追い、
彼らの歩みをすばやくたどっているときに、
おんみは高い丘に昇ってゆき、
星々は荒野の山並みに下ってゆくのだが。」

その際に、自らの想いの中で、星々が「洞窟の家」に向かうのに伴い、星々とともに「荒野の山並みに下ってゆかない者がいるだろうか。〔「四　夜の美徳」第一節　十八〜十九頁参照〕

にもかかわらず、空は夜でも黒くはなく、青い。というのも、我々は地球の影を通して遠い昼間の大気の中をのぞきこんでいるからだ。そこでは太陽の光線たちが楽しく浮かれ騒ぎをしているのだが。〔「十七　夜明け前の音」第二節　六十二頁参照〕

（完）

註

（1）Gaius Plinius Secundus（二三―七九）古代ローマの将軍で官吏、海軍提督などを歴任。著述家、博物学者。著作として『博物誌』全三七巻。

（2）ソローの日記はウォールデン版全集の全二十巻のうち十二巻分を占めている。形式は自由な随想日誌で、その分量は日々において随時変化していた。

（3）アフリカ北部の中央部にある湖。チャドとカメルーン、ナイジェリア等の国境地帯に位置する。ナイル川の源流とは方向違いであるが、ソローの時代にはその位置関係がまだ漠然としていたらしい。

（4）古代エジプトの頃からナイルの源泉がどこにあるかは関心の的だった。ある高山の山麓から湧き出る泉がそれだと想像されてきた。その高山が「月の山脈」と呼ばれてきた。今日ではケニアのビクトリア湖にほど近いザイールのルウェンゾーリ山地がそれに相当すると見なされている。

（5）白ナイルは、ナイル川のうちスーダン南方から流れてくる支流バハル・エル・ガザル川が合流する地点からスーダンの首都ハルツームまでをいう。この流れは、ハルツームでエチオピアから流れてくる青ナイル川と合流する。「黒ナイル」とは、ソローが当時未知の領域であったナイル川の源流につけた架空の名称であろうと思われる。

（6）通常はギリシャ語が「ちんぷんかんぷんで、全く意味のわからない語」の意味で使われるが、ソローはもっと神秘的な感じを出すために古代インドのサンスクリット語を引き合いに出したらしい。

（7）Samuel Taylor Coleridge（一七七二―一八三四）、イギリスのロマン派時代の詩人、批評家、哲学者。

神秘思想に基づく詩「老水夫行」（"The Rime of the Ancient Mariner"）等がある。

（8）Alexander Chalmers（一七五九―一八三四）、英詩のアンソロジー *The Works of English Poets from Chaucer to Cowper* 全二十一巻（一八一〇年）の編纂者。ソローはこの詩集をよく参照していた。

（9）Edward Cavendish Drake, 著書として *A New and Universal Collection of Authentic and Entertaining Voyages and Travels* (London: J. Cooke, 1768) がある。

（10）Lionel Wafer. イギリス人の探検家。*A New Voyage and Descriptions of the Isthmus of America, Giving an Account of the Author's Abode There* (London, 1699) の著書。

（11）六十九頁の註参照。

（12）六十九頁の註参照。

（13）十九頁の註参照。

（14）十九頁の註参照。

（15）十九頁の註参照。

（16）二十頁参照。

（17）ドイツの作家 Jean Paul Richter（一七六三―一八二五）のことらしい。

（18）ナポリのそばに位置する火山。紀元七九年八月の爆発によりポンペイを遺跡にしたことで有名。

付録　ウォールデン湖畔のソロー（講演要旨）

ウォルター・ハーディング（1）

はるか以前、私が高校生の頃、国語の先生がある本に私の注意を向けてくださいました。その本は、私が高校時代に読んだものの中で最もすばらしいものだと思っております。ラフカディオ・ハーンの『知られざる日本の面影』(2)という本でした。なんという大きな喜びでその本を読んだことか、それをいまだによくおぼえております。(それは何世紀も昔のことのようですが、実はそんなに昔でもありません)。

そのとき私は自分に誓ったのです。いつか自分もハーンの書いたあの国を見に行こうと。今ついに私はやってきまして、みなさんの国が、ハーンの本を読んで私が期待したとおり、美しく、すばらしいところだとわかってきました。

この何年間か私は、ソローの新たな伝記を書く仕事に取り組んできました。ソローの伝記はすでに三十冊近く世に出ています。それなのに、なぜ私がさらにもう一冊書こうとするのか、みなさんは不思議に思われるかもしれません。そのわけはこうです。ソロー伝はすでに三十冊も出ていますが、どの本も、それ以前に書かれたものに準拠しているらしい。ですから、年月を経るにつれ、ソローについて数多くの誤った印象が育ってしまったのです。

それで私は再出発をし、資料の源に立ち戻ろうとしました。ヘンリー・デイヴィッド・ソローがどんなたぐいの人であったかをつきとめるために。生存中は失敗者だとみなされていたこの人物(彼が出版した書物はいずれもまるで売れませんでした)が、なぜ一世紀後の今となって、アメリカの偉大な作家の一人として評価されるに至ったのか、そのわけを知るためにです。

それで私は、彼の友人たちの日記や書簡、自叙伝や備忘録を次々と読みました。また、当時の教会の記録、町や学校の記録、人々の記録を調べ、その時代や彼の住んだ町のいろんな新聞を読み、ソローがいったいどんなたぐいの人であったかを見定めようとしたのです。

たいていの人々は、ソローの名前が口に出されると、彼の人生で生じた二つの出来事を思い浮かべます。その一は、彼がウォールデン湖に行ってくらしたこと、その二は牢獄に入ったことです[3]。実際大半の人々は、ソローが人生の半分をウォールデン湖でくらし、もう半分を牢獄ですごしたと思っているようです。実を申すと、彼はウォールデンで二年二ヶ月と二日をすごし、牢獄にはたった一晩いただけです。また、ウォールデン湖のことを考えるとき、大半の人々が思うのは、ソローが世間を逃れ、全く孤立してくらすために一人で森の中へ分け入って、誰にも会わなかったということです。

それも本当ではありません。思うに、ソローの郷土コンコードを訪れた人たちは、次のことを知って驚く場合が多いのです。ウォールデン湖は、コンコードの中心部から歩いて三十分で行けること、そして今日この湖は、大都会であるマサチューセッツ州のボストンから車でわずか三十分程度のところだということです。ソローの時代にはもう少し時間がかかっていたでしょう。でも彼は、ウォールデン湖からボストンまで二、三時間程度でゆけたはずです。またソローの時代でも、ウォールデン湖畔の一角には鉄道が走り、二本の大きなハイウェイがあったし、これは今日でもそうです。ですから彼は、多くの人々が思っているように世間から離れてくらす隠遁者ではなかった。実際みなさんも、あと二、三分もすればこのことを納得されるでしょう。ソローがウォールデン湖に住んだ二年間の中で、彼が母親に会いに、いや父親にもですが、姉妹たちやいろんな友人たちに会いにコンコードへ歩いて戻らなかった日、あるいはそうした人々が彼に会いにウォールデンに出向かなかった日は、おそらく一日もなかったことでしょう。ですから彼はどうみても隠遁者ではなかったのです。

つい先ほど申したように私は、ここしばらくの間、ソローの新たな伝記を書く仕事にとり組んできました。今日私はその本のある一章を朗読したいと思います。この本自体はまだ完成していない、というか、まだ出版されておりません。それで私は、ソローのウォールデン湖畔での生活をのべた部分の原稿を読み上げることにいたします(4)。

一八四五年の早春の頃、ヘンリー・デイヴィッド・ソローはウォールデン湖岸に出かけていった。小さな湖です。縦横が半マイルと三分の一マイルで、コンコードの田舎町から南へ二マイルの地点にあります。これも言い添えていいでしょうが、ウォールデン湖を訪れる人々の多くは、この湖が実に小さいので驚くのです。三十分で容易に一周できる。大湖とはとうてい言えません。ソローはこのウォールデン湖へ出かけてゆき、小屋の建材にするために、背の高い矢のようにまっすぐな松の木を切り倒しはじめた。その小屋は後に彼を世界的に有名にしたのでした。

彼はもう長いこと親元を離れようと考えていました。それで早くも一八三七年に、つまりハーヴァード大学を卒業直後に、そのことを日記に書きつけています。著作をするために親元を離れることができればいいのだが、と。さらに一八四一年にまた彼は日記に書きました。「すぐに私は出かけてゆき、あの湖畔でくらしたい。葦の間でささやく風の音のみが聞こえるあの場所で」。ソローは、一八三九年に自分と兄のジョンがコンコード川とメリマック川で行なった休暇旅行についての本を書きたいと思った。それで、自分がこれまでのあわただしい暮らしからぬけ出せなければ、その著作の時間は見出せないだろうと思ったのです。

　大学時代に話をもどすと、大学卒業の時点で、ソローは優等生の一人として、卒業式でスピーチをするように求められた。そのスピーチで彼はのべています。自分はたいていの人々の暮らし方を逆転させたい、と。当時たいていの人々は、週に六日働き、七日目を休むのでした。けれどもソローは、週に一日働き、六日休みたいと望んだのです。たぶんここで私は説明すべきでしょう。ソローの言葉はなまけ者の言いぐさのように聞こえるかもしれないが、実は彼自身なまけ者ではなかったのです。この説明を正当化するために、私は次の事実を引き合いに出せます。すなわち、彼がわずか四四歳で亡くなったときに書物を残したのですが、それは三百万語を含めた全集二十冊分[5]もある著作でした。みなさんは大学の学生として、一千語の文章を書くことがどんなにつらいかご存じのはずです。三百万語を書き残した人物がなまけ者ではなかったという私の意見にみなさんは同意してくださると思います。言い換えれば、ソローは週に六日をなまけるのではなく、著作と自然観察に使いたかった。その二つは彼が最も気に入った事がらでした。

ソローはすでに数回、著作のために親元を離れようとする試みをしていました。一八四一年に彼は、コンコードの周辺部にある人里離れた、放置されたままの農場を購入しようとしたがうまくいかなかった。それからしばらく後、ウォールデンからさほど遠くないフリンツ湖に自ら小屋を建てる許可を得ようとしたが、またもや不成功でした。

その後一八四五年、彼が二七歳のときに機会が訪れました。彼の良き友人で隣人のラルフ・ウォルドー・エマソン(6)が、その前年の秋、つまり一八四四年にウォールデン湖畔の土地を少々買い込みました。そこの持ち主がその土地の木々を全部切り倒そうとしたからです。これに対して、エマソン氏は湖の美しさを保つためにその木々を残したかったのです。

一八四五年三月五日、ソローの親友で当時有名な詩人であったエラリー・チャニングが彼に手紙を書き、彼がウォールデン湖に行って自らそこに小屋を建て、著作の仕事にとりかかるように提案しました。ソローはその提案を受け入れ、すぐにエマソンから許可を得ました。それで、つい先ほど申したように、一八四五年三月下旬にウォールデン湖に出かけ、小屋を建てはじめたのです。

どれくらいの期間ウォールデンに住むつもりだったのか、その時点では彼自身にもわからなかった。けれども、少なくとも、彼が兄と行なった休暇旅行についての著作が完成するまでは留まるつもりだったのでしょう。

ソローは、友人のブロンソン・オルコット(7)から斧を借りることで仕事をはじめ、その斧で松の木々を切り倒し、けずって角材にし、小屋建築の準備をしました。四月半ばまでに全ての板材をほぞ継ぎにし、小屋を立ち上げるための枠組みを作ったのです。その間彼は、四ドル少々出して鉄道の工夫から古い片流れの小屋を買い取り、解体し、その板や材木を日にさらして反りを直し、自分で使うために釘を全部引きぬきました。ところがこの釘は、結局彼のものにはならなかった。なぜなら、彼がちょっと留守をしている間に、隣人の一人が勝手に持ち去ったからです。

五月初旬にソローは、わが国合衆国の古くからの習慣を受け入れて、家の棟上げをして屋根をふくために、何人か友人たちを招待しました。こうした仕事は、さすがに彼一人ではできなかったのです。彼が招待した人々は、およそ棟上げで招かれる者たちとしては最も高名な集団でした。その中には、エマソンはもとより、ルイザ・メイ・オルコット（みなさんの中には、あの有名な児童文学の古典『若草物語』を読まれた方々もおいででしょう）の父親ブロンソン・オルコット、すでに申した詩人エラリー・チャニング、後に有名なアメリカの雑誌編集者となったジョージ・ウイリアム・カーティス、それにカーティスの兄弟の人、さらにコンコードの農民でソローの友人のエドワード・ホズマーとその子供たちがいました。

けれどもソローは、急いで小屋に移り住むことはしなかった。ひとたび家の枠組みが立ち上がると、残りの大工仕事はゆっくりとしました。その間、実家に住み続け、毎日紙間に包んだ弁当を持って家と湖を往復したのです。季節が暖かくなると、彼は小屋の近くのいばらの野原を開墾し、二エイカー半の土地に大豆、ジャガイモ、トウモロコシ、エンドウ豆、カブラを植えました。

一八四五年の七月四日、私の国では祝日ですが、この場合独立記念日と呼ぶのはまことにふさわしく、この日にソローは自らの独立を宣言しました。それも、荷馬車と馬を借り、自分の家財道具をそれに一杯つめこみ、一人でくらすためにあの小屋に移住するという行為によってです。

その時点では、まだ煙突も暖炉もなく、小屋自体にコケラ板も張っておらず、漆喰も塗っていなかった。後に小屋が完成した折に彼がのべた説明によると、こぢんまりとしたコケラぶきの、漆喰塗りの家で、幅が十フィート、奥行きが十五フィート、高さが八フィートあり、屋根裏部屋と物置がついていて、左右両側に大きな窓があり、一方の側に二枚の落とし戸と一枚のドア、その反対側にレンガ製の暖炉があったそうです。

ソローが使った建築費はわずか二八ドルであった。最大の出費は釘の費用で三ドル九十セントでした。ソローは自分がとても器用なことを自慢するのが好きだった。けれども、どうも金づちの使い方は下手でした。というのも、今からおよそ十年前、埋もれていたソローの小屋の跡が発掘された際に、地下室の穴に曲がった釘が一杯つまっているのが見つかったからです。

小屋の内部は外側と同様簡素でした。彼の家財道具の大半は手製でしたが、その内訳は、ベッド、テーブル、机、それに椅子が三脚、直径三インチの鏡、火バサミ、まき置き台、やかん、シチュー鍋、フライパン、ひしゃく、洗面器、ナイフとフォークが二本ずつ、皿三枚、茶碗一個、スプーン一本、油と糖蜜を入れる壷が一個ずつ、それにランプでした。

しばらくの間彼は、文鎮代りに三個の石灰岩を机に置いておいた。ところが、毎日それにはたきをかける必要があるとわかると、外に投げすててしまった。友人が床に敷く絨毯をあげようと申し出ると、それもことわった。床にそれを敷くための場所を空けたくないし、ちりをはたく時間も無駄だと言ったのです。

一八四五年の秋にソローは自分で暖炉と煙突をこしらえました。一千個の中古レンガと、湖岸からとってきた石や砂が材料でした。この仕事をゆっくりとやり、完成したのは十一月に入ってからでした。その間に彼は、二週間、友人を呼んで一緒にくらしました。詩人のエラリー・チャニングです。でも、小屋が手ぜまだったので、チャニング氏は毎晩ソローのベッドの下の床で眠らねばならなかったのです。

寒い時節がくると、ソローは小屋をもっと居心地よくすることにとりかかった。壁に漆喰を塗り、外側にコケラ板を張りました。小屋住まいの間、ソローの食事は簡素なものでした。一八四五年九月の日曜日に彼を訪問したホズマーの息子たちの一人が、後年そのことを回顧してのべていますが、そのもてなしの様子と具合は独特でした。

料理の装置は原始的で、地面に掘った穴の周りに石をちりばめたものでした。その上で火が起こされた。その食事の献立は、彼が湖で捕らえたホーン・パウト［ナマズの一種］を焼いたもの、トウモロコシ、豆にパンでした。ホズマーの息子がそのメニューを英語で言うと、ソローはその子を楽しませようとそれをフランス語で言い換え、次にラテン語に、さらにギリシャ語に訳しました。豆はすでに調理してあった。パンにする小麦のあらびき粉は、湖の水でこねて、薄い石の表面に広げて焼かれたのです。パンが十分に焼けると取りのけられ、魚がその熱い石の上に置かれて焼かれました。

暖炉が完成すると、ソローは料理の場所を室内に移しました。湖畔で二年目になると彼は暖炉の使用をあきらめ、暖炉のあった場所にストーブをすえつけました。ストーブは暖炉ほど快適ではないと彼は思った。けれども、自分は燃料をとるための森林を所有していないし、ストーブの方が効率がよい、とのべています。

湖畔生活の最初の八ヶ月がすぎた頃、彼が気づいたのは、かかった費用が合計でわずか八ドル七四セントだったということでした。日本のお金で三千円にもならないほどです。食費だけで週の平均が二七セントだった。衣料費もそれとほぼ同額で、ランプ用の油代もわずか二ドルだった。経済的な観点からすれば、彼の生活実験は成功でした。

しかし、ソローは友人たちや血縁者たちにたかることによって経費を浮かしていた、とケチをつける連中もいました。コンコードの町民の中には、もしソローの姉妹や母親がパイやドーナツをこしらえて彼に差し入れなかったら、彼は飢えていただろうと言い張る人らもいました。そう、たしかに日曜ごとに、彼の母と姉妹は、何かごちそうをたずさえて湖まで出かけ、彼はそれを喜んで受け取ったのでした。同じくたしかなことですが、帰宅するたびに、彼は母親のこしらえたクッキーの壷を襲ったのです。でも、母親はたいそう料理自慢でしたから、もしそうしなかったら彼は母の気持ちを傷つけていたことでしょう。エマソン家の人たちもよくソローを夕飯に招待しました。オルコット家もホズマー一家もそうしたのです。いずれの家族も、ソローが湖畔生活をはじめる以前からよく定期的に彼を招いていたし、その後もその習慣を続けたのです。うわさによると、エマソン夫人が夕飯の合図の鐘を鳴らすたびに、ソローが森の中から跳び出てきて、垣根を乗りこえ、誰よりも先にお膳についたとのこと。でも、事実として、ソローの住家はエマソンの家から遠く離れており、鐘の合図が聞こえるはずもなかったということは、うわさ話では無視されたのでした。『ウォールデン』でソローはのべています。「今までいつもやってきたことだが、それにきっと今後もそんな機会があろうと思うが、時おり外食するならば、それによりかえって家計に負担をまねく結果になってしまう」と。(8)

ソローにとって湖畔でするべきことがいろいろと生じました。でも彼は、自ら「自己の生活に関しての幅広い余白」と呼ぶものを愛するようになった。夏の朝、日の出から正午まで、鳥たちがまわりでうたっている間に、彼は日の当たる戸口によくすわりこみ、瞑想にふけっておりました。そうした機会に、自分は、トウモロコシが夜間すくすくと育つように、精神的に成長するのだと思っていました。自分の怠惰な時間は、自己の人生から差し引かれるときではなく、むしろ自己の人生にプラスするものだ、と言っております。

毎朝必ずこうしていたわけではなく、家事に専念する朝もあった。家具を全部草の上に持ち出し、床に水をまき、ほうきと湖岸から取ってきた白砂でごしごしみがき、彼の隣人たちの大半が朝食をとる以前に家具を元の場所にもどしたのです。

けれども、たいてい午前中は畑仕事に専念しました。彼の畑の豆の列は七マイル以上の長さがあり、絶えず除草せねばならなかった。さらに困ったことに、ウッドチャック［リス科の野生動物］が、彼の除草作業よりも早く豆の芽をかじってしまうのでした。ウッド・チャックとは動物の一種ですが、私の知る限りでは、日本にこれがいないのは幸いです。

ソローに言わせると、「私の敵は、虫、寒冷な日々、とりわけウッド・チャックだ。彼らは四分の一エイカーの畑の豆をきれいにかじってしまった。私は一所懸命に植えるのだが、収穫するのは彼らなんだ」。しばらくの間、彼はどうしたらよいか途方にくれました。彼が思うに、この付近では、彼よりもウッド・チャックの方が早くからの居住者としての優先権を持っている。でも、彼らが留まっておれば自分は畑を維持できない。それで彼らを退治したいと思い、年輩のわな猟師に相談をし、わなを使わずに捕らえる方法がないものかとたずねました。「あほらしい。銃で撃ったらいいんだよ、お前さん」というのが猟師のアドバイスでした。

しかしソローはこの忠告を無視し、事態は良くなるどころか益々悪化しました。それでついにヤケになって、彼はウッド・チャックを生け捕りにできる箱型のわなを手に入れ、やがて最大の奴を捕らえました。数時間そいつを閉じ込めた後に、彼はとても厳しいお説教をし、釈放してやった。二度と見かけないようにと願いながら。でもそれはむなしい望みでした。数日たつと、そいつは元の持ち場にもどってきて、豆を心ゆくまでかじったのでした。それでソローは再びわなをしかけ、この悪者を捕らえると、今度は二、三マイル離れたところにつれてゆき、もう一度お説教をし、棒切れで一回こちんとぶって、殺さずに釈放してやった。そのウッド・チャックを彼は二度と見かけなかった。でも、彼がそれを釈放してやった地区の農家の人が知ったら何と思ったか、それはわかりません。

ウッドチャックや虫、寒冷な気候や雑草にもかかわらず、ソローの畑は成功でした。それに要した道具や耕作の代、まいた種や中耕器の費用は全部で十四ドルであった。収穫物は、十二ブッシェル［一升びんで一四四本分］の豆、十八ブッシェルのトウモロコシとエンドウ豆でした。自分の食料用に十分取っておき、残りを彼は二十三ドルで売った。こうして彼は一年分の食料と八ドル以上の純益を手にしたのでした。比較してみると、コンコードの農民たちでも、自分ほどうまくやった者は少なかろうと彼は思ったことでした。

ウォールデンでの二年目の夏、ソローはもう農業を堪能した気分になった。それで今度は自分用にだけ、畑を三分の一エイカーに限定して植えたのでした。「二年間の経験で学んだことだが、もし人が質素にくらし、自分の植えた作物のみを食べ、食べる分以上は育てず、作物をとるに足らないぜいたく品とか高価な品と交換しなければ、ほんの数平方ロッド［約百二十五平米］の土地を耕すだけでくらしてゆける」と彼は説明しています。

寒い季節になると、彼は他に生活費をかせぐ方法を見出した。一日一ドルで彼は垣根造り、ペンキ塗り、庭仕事、大工仕事、測量をしました。ソローは、せいぜい一年に六週間働けば湖畔で楽に自活できるとわかったのです。それで彼は友人のホレス・グリーリーに手紙を出した。当時アメリカで最も重要な新聞、「ニューヨーク・トリビューン」の編集者であった人に。「私は信念と経験によって確信したのです。この世で自活してゆくことは困難ではなくて娯楽なんです。もし我々が簡素に賢明に生きるならば。人はひたいに汗してくらしを立てる必要はありません。もっとも、その人が私より汗かきならば別ですが。」

新たに見出した自由時間の大半を彼は著作にささげることができた。湖畔にいる間に彼が完成した最初の作品は、一八四六年二月にコンコード・ライシーアム［文化啓蒙協会］(9)で行なった講演の原稿でした。当時コンコードの町にはライシーアムというクラブ組織があり、そこでは冬の間中、毎週一回人をやとって講演をしてもらっていました。ソローはいつもその組織のために世話をしていたが、よく講演もやりました。

二月の彼の講演は一応成功でしたが、町民たちが本当に聞きたい内容ではなかった。町民が知りたかったのは、なぜハーヴァードの卒業生たる彼が、由緒正しい生活を捨てて森の中の小屋に住むようになったのか、その訳をでした。そういう次第で彼は一連の講演原稿を書きはじめた。結果的にそれがあの名作『ウォールデン』へと実っていったのです。彼の話によれば、「町民の中には、私が何を食料にしていたのか、さびしく感じなかったか、恐くはなかったかなどとたずねる者もいた」とのこと。こういう質問に彼は講演や著書の中で答えようとしたのです。

その一年後、一八四七年二月十日になって、ソローは町民たちにあのウォールデン生活を語る最初の講演を行なった。すなわちその日の夕方、彼は「私の身の上話」と題する講演を町民たちに聞かせました。そのある部分は後にあの作品『ウォールデン』の中身の一部となったのです。この講演はたいそう好評だったので、ライシーアムの習慣を破り、聞きのがした人々のために一週間後もう一度講演するようにと頼まれたのでした。

このときと、それに続く一連の講演に対する人々の好意的な反応によって、ソローは、湖畔生活について一冊の報告書を著すのも価値があろうと確信したのです。たいそう熱心にこの仕事に取りかかったので、一八四七年九月までに彼はその初稿を書き上げました。もっとも、後にそれを少なくとも八回は推敲することになり、出版したのは一八五四年になってからでした。

その間彼は、ウォールデンにやってきた目的の一つがもう一冊の本、兄との休暇旅行の報告を書くことだというのを忘れてはいなかった。この著作の仕事もたいそう迅速に進んだので、彼が湖畔に移り住んでちょうど一年後に、その初稿も完成しました。けれども彼はそれを推敲し、みがき続けた。それでその本が出版されたのは一八四九年になってからでした。だが、この本と『ウォールデン』のいずれも、大半は湖畔生活中に書かれたのです。

著作と畑仕事にも関わらず、ソローにはまだコンコードの森の中や野原を散歩したり、いろんな湖や川でボート遊びをする時間があった。夕べにはウォールデン湖に漕ぎ出し、フルートを吹いたり魚を釣ったりしました。本人が述べていることですが、彼は自ら任命した雪嵐や暴風雨の調査官であり、町の野生動植物の世話役をしたのです。

秋にソローはよく野ブドウや木の実を取りに出かけ、冬には暖炉の燃料にするために古い丸太や木の根を集めました。けれども、彼が町を訪れなかったり、人々から湖への訪問を受けない日はほとんど一日もなかったのです。

一八四五年七月四日、彼が小屋に移ってきた直後に、近くの鉄道の従業員たちが五名、彼のやっているこことを見に立ち寄りました。ソローが彼らに自分の計画のことを話してやると、その中の一人が言いました。「だんな、私はあんたの考えが気に入った。自分もそんな暮らしがしてみたいよ。ただ自分なら、もっとえものが取れる山の中の場所がいいがね。では、おさらばじゃ。あんたの成功と幸せを祈ってますぜ。」

二日目が終わる前に、妹のソフィアが訪ねてきました。彼女は兄のことが心配でたまらず、前の晩は眠れなかった。それでこの際に、兄に食べ物を運んでやるという口実を使ったのでした。彼女にはウォールデンが野生の厳しい環境と思われたのですが、そこで兄が無事に生きのびているかどうか自分で見とどけたかったのです。でもソフィアは、まもなく心配を乗り越えることができた。兄が両親を安心させるために、定期的に実家に立ち寄ることを心がけるようにしたからです。

湖畔のソローのもとに最もよくやってくる訪問者の一人は、フランス系カナダ人の木こり、アレック・シーリアンでした。ソローは作品『ウォールデン』でひんぱんに彼を引き合いに出しています。シーリアンはソローとほぼ同年輩で、十代の頃にカナダから下ってコンコードに住みついたのでした。

その生い立ちは全く異なっていたが、二人はおたがいの共通点を多く見出していた。ソローはシーリアンの秀でて幸せな人柄を賞賛し、シーリアンの方は、なかなかのいたずら者だったので、朝早くソローの小屋の裏手にしのび寄り、銃に火薬を一杯つめて発射するのが好きだった。ソローがベッドから飛び起きて、戸口にかけつけるのを見ようとしたのです。

シーリアンはほとんどまともな学校教育を受けていなかったが、頭の鋭い、抜け目のない青年でした。二人はよく一緒に本の話をしました。ごく自然にソローは自分の好きな作家たちの話をしました。とりわけギリシャの詩人ホメロスのことを。シーリアンがソローに向かって、自分はホメロスの作品のことは知らないが、よい文人だと思うと言うと、ソローは棚から一冊『イリアス』(10)を取りおろし、その所々を彼に翻訳して聞かせました。シーリアンはたいそう喜んだあげく、後でソローが不在のときに小屋に戻ってきて、その本を借り出し、返すのを忘れてしまった。その本がどこに行ってしまったのか、ソローはよく不思議がったものです。

むろんエマソンも度々小屋を訪れた。そしてソローの生活の実験に喜びを示しました。新しい遺言状を作成し、ソローを小屋の建てられた地所の相続人にすることによってです。エマソンは、また湖畔の美を保存するのに役立とうとして、その森をさらに四十一エイカー分購入しました。ソローは、その新たな購入のためにエマソンが証書に署名するのに立ち会ったのです。

心地よい夏の日々、ソローはよくエマソン家のピクニックに加わった。その際に彼とエマソンは、子供ら、その母親たち、隣人たちを馬車に大勢つめこんで、森まで御していった。そしてエマソンとご婦人方が木陰に座っている間、ソローは子供たちを森の中へつれてゆき、一番良い木の実をつむのはどこがいいのか教えてやるのでした。エマソンはまたソローをしょっちゅうやとい、家の周りの仕事を頼みました。

偉大な小説家ナサニエル・ホーソン(11)が近くに住んでおり、彼もよくソローの小屋を訪れた。ブロンソン・オルコットもよく来る訪問者でした。オルコットが新たな農場を買いこんだとき、ソローは、ウォールデンの森からその庭に常緑樹やつる性の植物を移植してやることで加勢しました。ソローはよくコンコードにおけるオルコット氏の講演(12)に出席し、二人はいつも日曜の夜ごとソローの小屋で一緒にすごし、本を読んだり、話し合ったりしたのです。

オルコット家の人々はよく友人たちをウォールデン湖へつれてゆき、ソローに会わせていました。フレデリック・ウイリスという若者が、一八四七年七月にオルコット家の家族とともにソローを訪れました。それから五十年後、老人になったウイリス氏はその訪問を回想し、こう述べています。

「ソローさんは我々を丁重に迎えてくれ、中に入るように求めた。しばらく彼はオルコット氏と話をした。ソローは背の高いごつごつした感じの人で、松の木のように背をぴんと伸ばしていた(13)。彼はオルコット氏にウオールデンの森の自然林について話していた。が、突然その話をやめ、こう言った。「じっと静かにしていなさいよ。そうすれば君たちにぼくの家族を見せてやるから。」

彼はそっと小屋の戸口から出てゆき、低い奇妙な口笛を吹いた。すると、たちまちウッドチャックが近くの巣穴から彼の方に走り出てきた。口笛の調子を変えると、一つがいの灰色リスが呼び出され、恐れ気もなく彼に近づいていった。さらに違った口笛で、二羽のカラスを含め数羽の鳥たちが彼の方に飛んできた。カラスの一羽はソローの肩の上に止まった。今も記憶しているが、私に最も鮮やかな印象を与えたのは、彼の頭の近くに止まったそのカラスだった。カラスが通常人間をどんなに恐れるか知っていたものだから。ソローはポケットからえさを取り出し、これらの動物たちに手ずから食べさせ、やさしくなでてやった。それからまた違う音色の口笛で彼らを解散させたのだった。その後、彼は我々子供たちをボートで湖につれ出し、岸からちょっと離れたところでオールを止め、持ってきたフルートを吹いてくれた。その音楽は、静かな、美しく澄んだ湖水にこだました。それから突然、フルートを置いて、はるかな遠い昔ウォールデン湖の辺に住んでいたインディアンのことを話してくれた。そしてまた、話を中断し、その森に生えているいろんな種類の花のことを教えてくれたのだった。岸に戻ってくると、彼は我々が花をつむのを手伝ってくれた。こうして数多くのきれいな花々を一杯馬車にのせて、意気揚々と我々は家路についたのだった。」

ソローが湖畔で接した野生のペットの中で一番気に入ったのはハツカネズミでした。そのネズミは彼の小屋の下に巣を持っており、彼の昼食時にはいつでも足元でパンくずを拾いに来るのでした。それ以前に人間という種属を知らなかったので、その分だけ早く彼となじみになったのです。

そのネズミは彼の靴の上へ跳び乗って、ズボンの内側をかけ上がり、鋭いかぎ爪で彼の足の皮膚にしがみついた。ソローがチーズを一切れさし出すと、やって来て、ソローの指と指の間でそれをかじったのでした。

有名な笛吹きパイド・パイパー[14]のように、ソローはフルートでこのネズミを隠れ家から呼び出し、友人たちに見せることができた。彼が小屋の中に持っていたわずかな飾り物の一つは、押入れのドアに書いた彼自身とそのネズミの絵でした。

ソローは科学のためならば、時に一、二の見本を犠牲に供することはためらわなかった。スイスの偉大な科学者ルイ・アガシ[15]が一八四六年秋に合衆国に移住し、ハーヴァードで教えていました。コンコードから数マイルのところです。ソローの友人でアガシ氏の助手であったジェイムズ・エリオット・キャボットは、ソローにアガシ氏の援助を頼みました。アガシ氏が合衆国内のあらゆる種類の動物、鳥類、花、樹木を鑑定しようとしていたからです。それでソローは数多くの見本・標本を集め、アガシ氏の実験室に送り届けました。それらを用い、またそれらの中から、アガシ氏は沢山の新種を鑑定できたのです。

時おり、ソローの友人たちの全員が一緒に湖にやってきて彼の小屋を訪問しました。彼の小屋の正面入り口の段で野外昼食会をするのがすっかり慣わしとなりました。雨が降ると、二五人から三十人もの人らがあのごく小さな小屋の中に避難したのです。

一八四六年八月一日のこと、女性による反奴隷制協会が（おそらくここで説明すべきでしょう。当時合衆国は奴隷使用の州と自由州に分裂していました。そしてソローの友人の多くは、奴隷制の終わりをもたらすために奴隷制反対の組織でたいそう活動していたのです。ソロー自身の母親も姉妹たちも、とりわけ活躍していました。実際、女性による反奴隷制協会の会員でした）、この組織が、ソローの小屋の上がり段のところで毎年の会合を開き、その段を演壇にして、集まった会員たちのために三人の人らにスピーチをしてもらいました。さらに言い添えてよいでしょうが、ソロー自身もよく黒人たちを支援し、当時その人たちが南部から逃げてきてカナダとそこでの自由に到達できるようにはからいました。

ソローが歓迎しなかった唯一の客は物見高い人々でした。それに彼の小屋の中をのぞくためならどんな口実でも使う輩が大勢いたのです。そんな人らが、水を一杯飲ませてくれと頼むと、ソローはその本当の意図を見抜き、湖を指さして、ひしゃくを貸そうと申し出たものでした。あるとき二人の若い婦人たちが、彼のひしゃくを借りて返すのをおこたった。その晩ソローは怒って日記に書きつけました。「あの人らは盗みをしにやってきたのだ、と思う権利が私にはある。あの人らは、女性というものにとって、いや人類にとっての面汚しだ。ひしゃくを返してくれるまでは、決して安らかな気持ちにさせてやらないと私は宣言する。全世界に向けてこれを布告する。」

しかし訪問客にも関わらず、コンコードの町や両親のもとに度々出向いたにも関わらず、測量や垣根造り、大工仕事をしたにも関わらず、著作に専念した時間にも関わらず、忘れてならないのは、ソローにとってウォールデン生活の実験が基本的には孤独の時期であり、自然との交流の時であったということです。湖でアビやガンを、森の中でキツネやタカを、野原でウッドチャックやムクドリを、頭上では星々や雲を、足元ではアリや野草を、あたり一面の花々や樹木をじっと見つめる折があったのです。それらを凝視している姿は、宗教の信仰の状況とよく似ていました。

ソローの親友の一人であり、彼の伝記作家となったフランク・サンボーン(16)は、ソローにこう言ったことがあります。「自分が初めてコンコードに移住してきたとき、コンコードには三つの教会があると教えられた。すなわちユニテリアン派教会、東方正教会、それにウォールデン湖協会だと。その三つ目のものは、日曜日の午前を、ウォールデン湖畔を散策し、自然美を楽しんですごす人々から成っているという説明を受けたのだ」と。ソローは明らかにその集団のうちで位の高い司祭であり、毎日の大半を自らの信仰にささげたのです。ソローはウォールデン湖畔で採用した基本的な生活様式を決して変えることはなかったが、一八四七年になると、自分がそこでの生活の特別な利点を使い果たしてしまったという風に感じはじめた。彼が湖畔生活をしにやってきた本来の目的は達成された。あの休暇旅行についての本『コンコード川とメリマック川の一週間』の原稿が完成したのみならず、『ウォールデン』の初稿も出来上がった。それで、決まりきった習慣のわだちに落ち入る前に、もう他の方面に向かうべきときだ、と彼は思ったのです。

一八四七年の晩夏、エマソンは、その年の冬に外国で講演旅行を行なうために出発の決心をしました。この旅行は彼のイギリスの友人たちの手配したものです。エマソン夫人は健康がすぐれず、子供たちも旅をするには幼なすぎた。でも夫人は、冬の間ソローを招待して家族に加わってもらうという解決策を提案しました。家中に彼がいるということはちっとも家族のさまたげにはならなかったでしょう。というのも、彼は客としての特別待遇を要求しはしなかったから。夫エマソンは、家族に必要と思われる庇護と支援をソローから得られると確信したことでしょう。エマソンは妻の提案にすぐに同意し、ソローも夫婦そろっての招待を容易に受け入れたのでした。

そういう次第でソローは、一八四七年九月六日に湖を去った。彼がそこに移り住んでからちょうど二年、二ヶ月、二日後でした。彼は『ウォールデン』の中で説明しています。「私は、やってきたときと同じほど確かな理由のために森を去った。おそらく、他に生きるべき生活のあり方が数種類も生じ、もうこれ以上この生活についやすべき時間はないように思われたのだ」と。

でも後に、日記中の打ち明け話で彼はこう告白しています。「なぜ森を去ったのか、自分でもよくわからない。自分はまたあそこへ戻りたいとよく思ったものだ。自分には、そもそもあそこへ行くようになった次第もよくわからないのだ。たぶん私の知ったことではないのだろう。でも、おそらく変化が欲しかったのだ。少々生活のよどみがあったらしい。たぶんもっと長くあそこでくらしていたなら、一生留まることになったかも知れない。もしそんな条件だったならば、人は天国に向かうのさえも二の足をふむかも知れない」と。[17] そういうわけでソローはウォールデン湖を去ったのです。

註

（1） Walter Harding（一九一七—九六）合衆国の代表的なソロー学者で、主にソローの伝記的研究を行なった。五十年以上にわたって合衆国ソロー協会の幹事を勤め、ソローの研究と解説に多大な貢献をなした。この講演は、来日したハーディング教授によって、一九六四年十一月二七日に広島女学院大学においてなされたものである。この講演は録音され、後に同大学の紀要（*Bulletin,* No. 9, 1965）に掲載された。ハーディング教授と当時の広島女学院大学の院長、今石益之教授のご好意によって使用を許可されたものである。*An Invitation to American Renaissance—Works and Biographies*（英宝社、昭和五六年）十二—三十三頁参照。

（2） Lafcadio Hearn（一八五〇—一九〇四）合衆国の新聞記者として来日し、帰化して小泉八雲と名乗る。日本の伝統文化、説話、文物等に関するエッセイで名高い。その作品の一つが『知られざる日本の面影』または『日本瞥見記』（*Glimpses of Unfamiliar Japan*）である。

（3） ソローは合衆国の政府が奴隷制を容認していることに抗議し、六年間にわたって人頭税（一種の住民税）の支払いを拒否した。さらに政府はメキシコに対し侵略戦争（一八四六—四八）を開始したが、ソローの非協力の態度が目立ったためにマサチューセッツの州政府は彼を逮捕するに至った。ソローはコンコードの町の刑務所の留置場に一晩入れられたが、叔母のマリアらしき人物が代わって納税したので翌朝釈放された。

（4）この著書 *The Days of Henry Thoreau*（New York: Alfred. A. Knopf, 1970）の第十章、一七九―一九八頁の箇所。なおその改訂版（Princeton, Princeton UP, 1982）でも同じ箇所、同じ頁である。日本語訳としては、山口　晃訳『ヘンリー・ソローの日々』（日本経済評論社、二〇〇五年）があり、その二六五―二九四頁に相当する。

（5）*The Writings of Henry David Thoreau*, Walden Edition（Boston: Houghton Mifflin, 1906）全二十巻の全集。

（6）Ralph Waldo Emerson（一八〇三―八二）Transcendentalism（超越主義）を説いた哲学者・文人。その著作として、*The Complete Works of Ralph Waldo Emerson*（Boston: Houghton Mifflin, 1904）全十二巻がある。

（7）Amos Bronson Alcott（一七九九―一八八八）、教育思想家・社会改良家。彼自身の家の離れに School of Philosophy（「哲学の小屋」）を設け、そこで自らの教育理論を語り、この場所が町の人々の知的、文化的交流の場となった。

（8）その理由は明らかにされていない。しかし、ソローとしては、人から夕食の招待をされたならば、時には手土産が必要であったかもしれないし、彼自身も相手を招待せねばならなかったであろう。その費用が意外にかかっただろうと想像される。

（9）ライシーアムはその当時合衆国で流行していた文化啓蒙のための組織。主な活動は講演会であった。

全米で三千もの組織があった。

(10) 紀元前十世紀頃のギリシャの詩人ホメロスの作品。ギリシャ軍対トロイ軍の戦いを詠った叙事詩。「イリアス」とは「イリアム（トロイ）の詩歌」という意味。

(11) Nathaniel Hawthorne（一八〇四―六四）ピューリタニズムの宗教思想を小説・物語の基盤や背景とし、人間の心の罪の問題に取り組んだ。けれども、ソローとのつき合いでは無邪気に自然を楽しみ、ともにコンコード川で舟遊びなどに興じたという。

(12) 註（7）参照。オルコットが自ら設けた「哲学の小屋」で行なったもの。

(13) 実際にはソローはむしろ小柄で、五フィート五インチ（約百六十五センチ）ほどの背丈であった。けれども姿勢がよかったので、子供の目には結構大柄に見えたらしい。

(14) 中世ドイツの伝説上の人物で笛の名人。ハーメルンの町で笛によりネズミ退治をしたが、その報酬の少なさに怒り、町の子供たちを大岩の中に閉じこめてしまったという。「パイド」とは「まだらの服を着た」の意。

(15) Jean Louis Rodolphe Agassiz（一八〇七―七三）

(16) Franklin Benjamin Sanborn（一八三一―一九一七）、ソローの伝記 *The Life of Henry Thoreau*（一八八二）を出版。

(17) 「変化のない日々が続くのならば、天国に行くのでさえも考えものだ」というほど、ソローは常にフレッシュな生活を求めていたのである。

―あとがき―

「月下の自然」の原作“The Moon”のテキストはAMSによるリプリント版（一九八五）を用いた。この版はわずか六十一頁の分量ではあるが、緑色のハード・カヴァーの表紙で、一冊の書物となっている。この版の編者フランシス・H・アレン（Francis H. Allen）は、合衆国の有名な出版社ホートン・ミフリン社の編集者であった。その間彼は、自然文学の作家ブラッドフォード・トーリィ（Bradford Torrey）と共に、最初のまとまったソロー全集（ウォールデン版、一九〇六）の編集を行なった人として名高い。謙虚な人である彼は、その全集に自分の名を載せることをしぶったのであり、「月下の自然」においても、単にイニシァルを添えているにすぎない。「月下の自然」の原本（ソローの自筆原稿）は、ウィスコンシン大学のメモリアル・ライブラリーの所蔵の由である。

翻訳に際しては、原作にはないことだが、作品中で章分けを行い、各章の内容を要約するような短い章名をつけた。こうして区分された各章は、内容的に一応のまとまりと一貫性を持っていると考えられる。他の二作品に関しても同様な作業を加えている。

本文中の註に関しては、原作者のつけたもの、あるいは原作者の意図に直結したものの場合には丸カッコに、翻訳者自身の判断による解説の場合には大カッコを用いた。比較的長めのものは後註とした。註に関するこの操作は、他の二作品にも共通するものである。

「サドルバック山の一夜」は、はしがきで述べたように、ソローの最初の長編著作『コンコード川とメリマック川の一週間』（以下『一週間』と略記）の中に収められている。『一週間』は、ソローが兄のジョンと共に、一八三九年の九月初旬に行なった二つの川の旅の記録が基になった作品であり、その各章は一週間の各曜日に分けられている。この登山記は、その火曜日の章の冒頭部に置かれている。

それによると、火曜日の早朝はメリマック川に霧が立ちこめており、一切視界がきかなかった。それで何も記述することがなく、その代わりとして、ソローが以前行なったサドルバック山の登山の話を述べるという趣旨になっている。

ソローにとって、この登山記を『一週間』の中に取りこんだ直接の動機はまさにそのとおりであっただろう。ただし、『一週間』の川の旅の最終目標は、ニューハンプシャー州のホワイト・マウンテンズ山系の中にあるメリマック川の水源に到ることであった。その水源はアジオコチュック（ワシントン）山の頂上付近にあり、ソロー兄弟は登山して実際にそこまでたどり着いたのである。してみると、サドルバック山の登山記は、単なる埋め草としての話のみならず、メリマック川の水源地探訪の予告編をなすものといえるであろう。実際「サドルバック山の一夜」の方でも、ソローが山頂にたどり着いて、飲み水を得るために水場を探し、ついに水源を見つけ出す場面があるからである。けれども、ソローが実際に行なったサドルバック山登山は一八四五年七月のことであった。したがって事実としては、『一週間』の川の旅よりも六年後になされたわけである。

ところでサドルバック山は、その形が馬の鞍（サドル）に似ているのでそのように命名されたと考えられる。一般的にも、「サドルバック」（saddleback）は「鞍部のある山」の意味である。この山は「グレイロック」（"Greylock"）とも呼ばれており、今日ではこの呼び名の方が通りがよい。「灰色の巻き毛」の意味になるが、山の色合いからきた命名なのであろう。

なお、自然文学の研究者イアン・マーシャル（Ian Marshall）によれば、アメリカ文学の一大傑作『白鯨』（*Moby Dick or the White Whale*, 1851）の作者メルヴィル（Herman Melville, 1819-91）は、一時期グレイロック山の見える場所に住んでおり、この山の眺めに魅せられていたという。メルヴィルはさらにソローのこの登山記を読み、大きな影響を受けた由である。そのことはメルヴィルの作品『ピアザ物語』（*The Piazza Tales*, 1856）に散見され、『白鯨』の結末部にも関わる一要素となった。もっともメルヴィルは、ソローの趣旨（自然への賛歌）に必ずしも共感したのではなく、むしろ懐疑的な反応を示したのだが、ソローの作品が彼の創作にそれなりの動機と手がかりを与えたということはいえるのである（『アメリカ文学の〈自然〉を読む』〔ミネルヴァ書房、一九九六〕中の論文「グレイロック山と鯨」、高橋勤訳、参照）。

「サドルバック山の一夜」のテキストは、新たなソロー全集 *The Writings of Henry D. Thoreau* (Princeton UP) のうちカール・ホヴディー（Carl Hovde）編集の『一週間』（一九七二）を用いた。

「夜と月光」は、ソローの短編紀行文集『エクスカーションズ』（*Excursions*）の最後に置かれている作品である。月光の下でのソローの散策がやはり一種の紀行と見なされたのであろう。

この作品は一九二一年（大正十年）に一度翻訳出版されており、柳田　泉訳『自然人の瞑想』（春秋社）という書物に収められている。この作品は、その中でもやはり「夜と月光」と題されている。ところでこの書物全体は、ダークス（Will H. Dircks）という人の編纂した *Essays and Other Writings of Henry David Thoreau* (London: Walter Scott Limited, 年代不明）の翻訳の由である。ただし「夜と月光」は、福永　渙という人の訳で、訳本全体の編纂者である柳田　泉氏はそれを校正したのみであるという（長島良久著「ヘンリー・D・ソロー著作邦訳書誌」〔一九〇九―二〇〇四〕、日本ソロー学会編『新たな夜明け―「ウォールデン」出版一五〇年記念論文集』〔金星堂、二〇〇四〕参照）。

私もこの福永　渙氏の訳を参照させていただいた。大正時代の訳なので、文章は擬古文的で、やや難解に感じられた。したがって、よりわかり易い現代文で訳し直すことも意味があると考え、新訳を行なった次第である。

すでに述べたように、「月下の自然」と「夜と月光」の両作品に共通するテーマとして、夜、月、月光の下での散策などがあげられるが、このようなテーマに直接取り組んだ研究文献の例としては、井上博嗣氏の著作『ヘンリー・ソロー人間像と文学思想』（六甲出版、一九九八）のうちの論文「ソローにおける夜の感覚（一．夜に魅せられたソロー、二．月下逍遥詩人としてのソロー）」がある。

付録の「ウォールデン湖畔のソロー」に関しては、註（1）に示すとおりである。この内容を講演した故ウォルター・ハーディング教授は、元々鳥類学を志したのであり、文学研究に方向転換後も、自然科学の手法に基づくかのように個々の事実を正確に把握しようと心がけた人であった。その一大成果であるソローの伝記研究書 *The Days of Henry Thoreau*（邦訳名『ヘンリー・ソローの日々』、註（4）参照）には、ソローの生涯における膨大な事実の記録がもれなく包含されている。ハーディング教授は、その事実の一つ一つに対し、主観による優劣をつけず、いずれにも対等に接している。よく文芸批評家のする発想のように、その事実が文学研究に資するか否かの目的的な選択をすることを拒否して、全てを平等に受け入れている。おかげで我々は、まさに生のソロー像に接することができるのである。

この講演原稿の内容は、ハーディング教授自身が述べているように、*The Days of Henry Thoreau* の書の一部分（第十章）に相当するものである。ただし、講演であるために文体が話し言葉の調子になっているのは当然であろう。また、講演時間の制限もあったはずで、伝記の書物に記載されている内容が講演ではかなりカットされている。それを補うために、伝記の方も参照されればソローの理解がいっそう深まることと思われる。私自身も、山口　晃氏による伝記の訳文により、講演原稿における語りの内容とその流れをより深く、また、より自然に味わうことができた。

実は私自身は、残念ながらハーディング教授の講演をじかに拝聴することはできなかった。けれども、講演会場の一つとなった広島女学院大学の当時の学長、今石益之教授からこの講演原稿を見せていただき、後になってその使用も許可していただいた。故今石教授の懇切なご指導と寛大なお計らいに深く感謝申し上げる。

この翻訳の初出の掲載誌は以下のようである。

「月下の自然」――『言語文化論究』（九州大学言語文化研究院）第十四号、二〇〇一年七月、及び同誌、第十五号、二〇〇二年二月。二回に分けて掲載。

「サドルバック山の一夜」――『言語文化論究』第十六号、二〇〇二年七月。

この両作品は、加筆修正し、『平成十三年度〜平成十四年度科学研究費補助金　基盤研究（C）（2）研究成果報告書』（『ヘンリー・ソローの人と作品における宇宙意識』）に収録した。

なお、「夜と月光」及び付録の「ウォールデン湖畔のソロー」はその後に訳出したもので、本書が初出である。

翻訳に際しては、直接間接にいろいろな方々からお世話をいただいた。日本ソロー学会では役員や会員の方々が、ソロー研究の新たな知識と情報の提供により、私の薄れがちな勉強意欲に活を入れてくださった。出版に際しては、金星堂の福岡正人氏の快諾を賜り、また佐藤求太氏には、編集や校正に関して懇切丁寧なお導きをいただいた。厚くお礼申し上げる次第である。

翻訳の途上では、ソローの原作の趣旨をなるべくくみ取り、平明な日本語に置きかえるよう心がけたつもりである。けれども、努力目標と実際の成果がなかなか一致しえないことは言うまでもない。本書をお目通しいただいた方々からさらにご教示をいただければ幸いである。

翻訳者

訳者略歴

小野　和人（おの　かずと）

1940年生まれ、大分県出身
1962年京都大学文学部卒業、同大学院修士課程修了
現在、西南女学院大学人文学部英語学科教授、九州大学名誉教授
日本ソロー学会顧問

著書

『アメリカ文学の新展開』（山口書店、1983、共著）
『生きるソロー』（金星堂、1986、共著）
『ソローとライシーアム－アメリカ・ルネサンス期の講演文化』（開文社出版、1997、単著）
Studies in Henry David Thoreau（六甲出版、1999、共著）
『新たな夜明け－「ウォールデン」出版150周年記念論文集』（金星堂、2004、共著）、その他。

訳書

『メインの森－真の野生に向う旅』（金星堂、1992、単独訳、講談社学術文庫、1994）

月下の自然

―夜の散歩と思索のエッセイ

2008年7月31日　初版第1刷発行

著　者　　ヘンリー・ソロー
訳　者　　小　野　和　人
発行者　　福　岡　靖　雄
発行所　　株式会社　**金　星　堂**

（〒101-0051）東京都千代田区神田神保町 3-21
Tel.　(03) 3263-3828（営業部）
(03) 3263-3997（編集部）
Fax　(03)3263-0716
http://www.kinsei-do.co.jp

編集担当　佐藤求太　　Printed in Japan
編集協力　めだかスタジオ

ISBN978-4-7647-0994-2　C1098